KB121488

로크미디어가
유혹하는
재미있는 세상

ROK
MEDIA
로크미디어

야산에 묻혀 버렸더니 1

2023년 6월 5일 초판 1쇄 인쇄
2023년 6월 9일 초판 1쇄 발행

지은이 소수림
발행인 강준규

기획 이기헌 왕소현 임동관 박경무 강민구 조익현
책임편집 천기덕
마케팅지원 이원선

발행처 (주)로크미디어
출판등록 2003년 3월 24일
주소 서울시 마포구 마포대로 45 일진빌딩 6층
Tel (02)3273-5135 Fax (02)3273-5134
홈페이지 rokmedia.com E-mail rokmedia@empas.com

값 9,000원

ISBN 979-11-408-1159-5 (1권)
ISBN 979-11-408-1158-8 04810 (세트)

UTOPIA

야산에 불 혀버렸더니

소수림 현대 판타지 장편소설 ①

ROK MEDIA
로크미디어

CONTENTS

야산에 가 보았다

돈에 큰 욕심은 없었다.

돈은 먹고사는 데 크게 지장만 받지 않을 정도만 있으면 된다고 생각했다.

"자기야! 나 저거 사 줘!"

"저 가방 말이니?"

"응! 300만 원밖에 안 해!"

"300만 원밖에?"

"날 만나려면 저 정돈 애교지!"

핸드백 하나가 300만 원.

석기의 한 달 월급과 맞먹는 액수다.

"우리 그만 헤어지자!"

첫눈에 반한 그녀였다.

하지만 300만 원짜리 핸드백을 애교라고 여기는 여자와
더는 연애를 하고 싶지 않았다.

두 번째 여자를 만나게 되었다.

백일이 되던 날.

고급 레스토랑에서 30만 원짜리 저녁 식사를 한 것까지는
그도 좋게 넘어갈 수 있었는데.

"나 저거 갖고 싶어!"

"저거라면 승용차?"

"응! 3천이면 돼!"

"3천?"

"백일 기념으로 차 한 대 뽑아 줄 수 있잖아. 안 그래?"

두 번째 만난 여자와도 헤어졌다.

작년보다 월급이 살짝 오르긴 했지만 3천만 원짜리 승용
차를 백일 기념으로 사 달라는 그녀가 더는 예뻐 보이지 않
았다.

세 번째 여자를 만나게 되었다. 석기가 이제까지 만난 여
자 중에서 얼굴과 몸매가 최고로 착했다.

그녀 이름은 오세라.

그녀는 석기가 다니던 회사의 회장 딸이었다.

회장을 만나러 회사를 방문한 그녀가 로비에서 넘어지게
되었는데, 그걸 석기가 발견하여 친절을 베푼 것이 인연이

된 것이다.

돈도 많고 얼굴도 예쁜 여자.

앞서 만났던 여친들은 데이트 비용이 모두 석기 지갑에서 나왔지만 이번에는 상황이 달라졌다.

"우리 자기, 오늘 우리 백일인데 갖고 싶은 거 없어?"

"갖고 싶은 거?"

"저 차는 어때?"

"1억짜리 차를 사 주겠다고?"

1억짜리 외제 차를 선물로 받았다.

거부하려 했지만 남친에게 그 정도 선물도 못 하는 여자로 보느냐면서 오히려 화를 냈다.

그렇게 차를 선물로 받고 나서 일주일이 흐른 후에 그녀는 석기를 집으로 초대했다.

그녀는 외동딸이었다.

딸에 대한 사랑이 지극하기로 회사에 소문이 자자했기에 석기는 회장을 만나는 것에 잔뜩 긴장하게 되었다.

"신석기입니다!"

하지만 의외로 회장은 그가 딸과 사귀는 것을 쿨하게 받아들였다.

"아빠! 나 회사일 배우는 거 싫어. 그러니 우리 자기에게 회사를 물려주도록 해!"

"허허허! 그것도 괜찮겠군."

석기는 고아에 빽도 없다.

서울 중위권 대학 출신에 준수한 외모도 아니었고.

그럼에도 회장은 석기의 스펙과 신상 따위에 전혀 개의치 않아 하는 기색이었다.

석기는 회장의 데릴사위가 되었다.

"축하드립니다! 본부장님!"

석기는 회장의 딸과 결혼한 덕분에 단번에 본부장으로 승격했다.

회장, 사장, 본부장.

회사에서 세 번째 위치였다.

남자 신데렐라.

회사에서 그를 향한 호칭이었다.

직원들 입장에선 여자 하나 잘 만나서 팔자를 고친 놈처럼 여겨졌을 것이다.

아내와의 결혼 생활은 행복했다.

요리를 못하는 아내를 위해 일류 호텔 주방장을 두었고, 손 하나 까딱하지 않아도 가사도우미들이 청소며 빨래를 죄다 해 주었다. 한 달에 한 번씩 해외로 나가 여행을 즐기기도 했다.

하지만 달콤했던 신혼 생활도 일 년이 지나자 점차 시들해졌다.

게다가 회사 일이 바빠져 갈수록 석기의 귀가 시간이 늦

어지게 되었고, 그로 인해 아내가 밖으로 나도는 일이 잦아
졌다.

석기도 회사 직원들이 아내를 놓고 수군거리는 소리를 들
었다.

그럼에도 그녀를 믿고 싶었다.

"나 오늘 부산 출장이야."

"자기 그럼 내일 돌아오겠네?"

"아마 그렇게 되겠지."

"우리 자기, 잘 다녀와."

석기는 저택 현관에서 진한 애정 표현을 해 주는 아내를
뒤로하고, 손질이 잘된 정원을 지나 차고로 내려왔다.

수십억을 호가하는 서초동 집은 회장이 결혼 선물로 사 준
것이다.

부르릉!

차도 고급 세단으로 바뀌었다.

그를 위한 운전기사까지 있었지만 오늘은 직접 그가 운전
할 목적으로 기사는 쉬도록 조치했다.

그런데 석기가 향하는 곳은 부산이 아니라 경기도 양평에
위치한 별장이란 점이었다.

석기는 별장 인근 숲에 차를 대놓고 망원경을 들고 별장
입구를 뚫어져라 주시했다.

잠시 시간이 흐르고.

끼이익!

석기의 예상대로 아내가 얼마 전에 뽑은 새빨간 스포츠카가 별장 주차장에 도착했다.

아내와 함께 차에서 내린 남자.

조각 미남으로 알려진 신인 배우.

아내가 신인 배우를 스폰해 준다는 소문이 회사에 파다하게 퍼진 상태였다.

석기는 망원경을 통해 아내가 남자와 팔짱을 끼고 별장 입구로 들어가는 것을 지켜보다 차 트렁크에서 골프채를 꺼냈다.

이곳은 아내가 그의 생일 선물로 사 준 곳이다.

결혼하고 처음 맞이하는 석기의 생일에 그의 나이 수만큼 촛불에 불을 밝힌 채 아내와 진한 애정을 나눴던 곳이기도 했다.

그런 곳에 다른 남자를 데려온 아내에게 석기는 참을 수 없는 배신감과 혐오감을 느꼈다.

2층으로 올라왔다.

별장에서 가장 전망 좋은 2층 방은 부부가 함께 지내기 좋게 킹사이즈 침대를 들여 놓았다.

문을 열 필요조차 없었다.

방문은 활짝 열려 있었는데, 그 사이로 벌써부터 남녀가 반라의 상태로 욕정에 불타오르는 모습을 보이고 있는 상황이었다.

"개 같은 것들!"

속에서 욕지기가 치밀어 올랐다.

석기의 등장에 잔뜩 당황한 신인 배우는 그의 눈치를 보듯이 옷을 주섬주섬 껴 입었지만, 아내는 태연하게 반라의 상태로 입에 담배까지 물고 그를 비웃듯이 쳐다봤다.

"당장 이혼해!"

석기는 아내의 불륜 현장을 직접 목격한 상황이었기에 이제 더는 그녀와 함께 살 수 없었다.

"우리 자기 불쌍해서 어쩌나? 그냥 부산으로 출장 가지 그랬어. 배 타고 해외로 나가면 그래도 살아날 확률이 조금은 높았을 텐데."

이혼하자는 석기의 말에 아내가 이상한 소리를 했다.

순간 느낌이 싸했다.

"그게 무슨 소리야! 설마 나를 죽이기라도 하겠다는 거야?"

"맞아. 여기 야산 딸린 별장도, 실은 자기를 묻어 버릴 생각에 구입한 거였거든."

아내의 말이 끝나기가 무섭게 2층으로 체격이 건장한 사내 여럿이 올라왔다.

사내들 뒤에 석기의 장인도 있었다.

어느새 아내는 벗어 놓았던 상의를 걸치고 있었다.

회장을 이곳에서 발견한 석기는 불길함을 느꼈다.

"그동안 우리 회사의 본부장을 지냈으니 자네도 잘 알고 있을 거야. 회사의 예비 자금으로 빼놓은 3천억을 이번 달까지 금고에 채워 넣어야 한다는 거. 그걸 어떻게 처리하나 고민이었는데, 자네 덕분에 깨끗하게 해결할 수 있게 되었군."

회장의 말에 석기의 눈동자가 사정없이 떨렸다.

함정.

회장의 딸과 결혼한 것이 함정이었던 것임을.

"설마 저를 사위로 받아들인 것도 이런 것을 염두에 두고 벌인 짓인가요?"

"아니라고는 말 못 하겠군. 아니면 부족한 것 전혀 없는 우리 세라를 왜 자네 같은 버러지와 결혼시켰겠어? 안 그래?"

그동안 석기가 다닌 회사는 겉으로 보기엔 멀쩡해 보였지만 속내는 썩은 냄새로 진동했다.

특히 회사의 예비 자금으로 빼놓은 3천억이 실상은 회장의 비자금으로 탈바꿈하여 스위스 은행에 곱게 모셔 놓은 상태라는 점이었다.

그걸 제자리에 돌려놓지 않는 한 회사는 부실기업으로 도산 직전에 처할 것이 뻔했다.

석기가 본부장이 되고 나서 그 문제를 눈치채고 회장에게 조언을 청했는데, 그것이 이런 식으로 돌아올 줄은 꿈에도 생각지 못했다.

세무감사에 들어가면 회장의 비자금 명목으로 빼돌린 3천억은 그가 빼돌린 돈으로 둔갑할 것이다.

그리고 무엇보다 증거 은폐를 위해서 석기는 이곳에서 죽게 될 것임을.

"죽은 자는 말이 없는 법!"

아내가 첫 만남부터 호텔로 데려가 석기에게 사랑을 고백했을 때 그걸 의심했어야만 했다.

회장은 처음부터 석기를 사위로 받아들일 마음이 없었다.

그저 회장이 빼돌린 3천억을 뒤집어써 줄 최적의 인물로 판정받은 먹잇감에 불과했을 터.

"저놈을 처리해!"

회장의 지시에 사내들이 달려와 석기의 양팔을 거칠게 붙잡았다.

마구 몸부림을 쳐 보았지만 이곳을 빠져나간다는 것은 불가능했다.

아내의 얼굴을 쳐다봤다.

그동안 살아온 정이 있을 테니 석기가 억울하게 죽는 것에 미련을 갖고 있을지도 모른다는 기대를 갖고 있었지만, 그녀는 마치 남의 나라 일처럼 무료한 표정으로 담배 연기만 뿜어 대고 있었다.

퍼억!

석기가 가져왔던 골프채.

그것이 석기를 죽이는 흉기가 되었다.

너무 분했다.

이렇게 뒤통수를 맞을 줄 알았더라면 절대 그녀를 만나는 것이 아니었는데.

돌이켜 생각하면 그녀가 회사 로비에서 넘어져 석기의 관심을 유도한 것도 결국은 모두 계획된 일이었음을 죽어 가는 순간 깨달을 수 있었다.

퍽! 퍽! 퍼억!

연달아 몇 번이나 뒤통수를 가격당한 석기의 머리는 선혈로 낭자했고, 희미했던 숨도 그만 끊어졌다.

"시신을 야산에 묻어 버려!"

이곳에서 맞아 죽은 석기는 억울하게 3천억을 갖고 해외로 도주한 것으로 누명을 쓰게 될 것이다.

별장 뒤편의 야산.

그곳에 석기가 묻혔다.

❀

석기는 죽지 않았다.

별장에 딸린 야산.

분명 죽어서 그곳에 파묻혔던 석기다.

하지만 지금 어찌 된 연유일까.

그가 지금 있는 곳은 환한 실내였다.

그럼에도 땅속에 파묻혔던 육신이라 그런지 석기의 코에선 흙냄새가 여실히 느껴지고 있었다. 그가 죽었던 것은 틀림없는 사실이란 의미로.

이런 상황에 그는 적응이 되지 않았다.

괜히 숨이 가빠진 느낌에 신음을 흘렸다.

"으허헉!"

"왜 그래, 자기야?"

여긴 분명 예전에 와 봤던 장소.

청담동에 있는 Q백화점 명품숍.

보다 정확히는 핸드백 매장.

석기 옆에는 첫 번째 여친이었던 여자가 함께 있다.

예전에 핸드백 매장은 첫 번째 여친과 헤어지기 직전에 마지막으로 왔던 장소라고 볼 수 있다.

'죽었던 내가 회귀라도 한 걸까.'

과거의 여친과 핸드백 매장에 있는 상황이라니.

특히 여친의 의상은 과거와 똑같았다.

노란 튤립 같은 특이한 원피스였기에 똑똑히 기억하고 있었다.

석기는 지금의 현상이 혹시 죽어서 꾸는 꿈이 아닐까 싶었다.

"너…… 하지애 맞지?"

"무섭게 왜 그래, 자기야?"

만일 이게 죽어서 꾸는 꿈이라면.

왜 하고 많은 여자 중에서 첫 번째 여친인가.

그녀와는 백 일도 안 가서 깨졌다.

혼전순결을 강하게 고집한 그녀였다.

석기는 그런 그녀의 뜻을 존중해 주었다.

손을 잡는 것도 세금을 내는 것처럼 고가의 물건을 요구한 여자였다. 둘 사이에 좋은 기억이 없다 보니 이별과 동시에 그의 뇌리에서 쉽게 지워진 그녀였다.

"무섭게 해서 미안한데 다시 한번 물어볼게. 이거 실화 맞지?"

"무슨 실화?"

"이거 죽어서 꾸는 꿈 아니지?"

"뭐래?"

첫 여친 이름은 하지애.

첫눈에 반해서 사귀게 된 여자.

뽀샤시한 얼굴에 커다란 눈망울.

강아지처럼 순딩순딩하게 생긴 분위기는, 확실히 석기 취향이 맞긴 했다.

그런 이미지 때문에 처음엔 그녀가 사람을 잘 배려하고 심성이 착한 여자일 줄 알았다.

하지만 그건 착각이었다.

그녀는 석기를 완전 봉으로 봤다.

신상으로 나온 핸드백.

이곳에 석기를 데려온 이유는 핸드백이 목적이었다.

잠시 어이없이 석기를 바라봤던 그녀가 다시 찍어 놓은 핸드백으로 고갤 돌렸다.

"자기야! 나 저거 사 줘!"

"저 가방 말이니?"

"응! 300만 원밖에 안 해!"

"300만 원밖에?"

"날 만나려면 저 정돈 애교지!"

어째 예전에 하지애와 나눈 대화와 토씨 하나 안 틀리고 똑같다.

다음에 나올 대사.

석기가 그녀와 헤어지자는 말을 하려는 찰나였다.

[세라 말대로 명품 숍을 데려오긴 했는데 정말 헤어지자고 할까?]

이거 또 무슨 현상인 걸까.

세라 말대로?

하지애와 세라가 서로 아는 사이?

갑자기 느낌이 싸했다.

"너 세라랑 친해?"

"응?"

"명성기업 회장 딸 오세라. 너, 오세라 알고 있지?"

"자기야말로 세라를 어떻게 알고 있어?"

"그건 알 필요 없고. 이건 혹시나 해서 하는 말인데, 너 세라가 나랑 사귀라고 해서 사귄 거니?"

"그, 그게……."

하지애의 커다란 눈망울이 불어오는 바람에 흔들리는 호수의 물결처럼 크게 찰랑거리고 있다.

[세라가 부탁한 것을 어떻게 눈치챈 거지?]

또다시 하지애의 목소리가 들려왔다. 그녀 입은 벌어지지 않았으니 이건 필시 하지애의 속마음이 아닐까 싶었다.

"우리 그만 헤어지자!"

어차피 헤어질 여자였다.

예전에 300만 원짜리 핸드백을 사 달라고 했던 것이 세라의 요청으로 행한 일이었다는 것을 알게 되자 더욱 오만 정이 다 떨어졌다.

그런데 이번엔 반응이 왜 이래?

예전에는 석기의 이별 선언에 너무도 쿨하게 나왔던 하지애가, 웬일로 이번에는 얼굴을 붉게 물들이더니 머뭇거리듯이 그를 쳐다봤다.

"석기 씨, 얼굴이……."

"내 얼굴이 왜?"

"혹시 시술받았어?"

"무슨 시술?"

"갑자기 너무 달라져서……."

하지애는 어딘지 석기와 헤어지기가 아쉽다는 표정처럼도 보였기에 그가 쐐기를 박았다.

"앞으로 연락하지 마."

"코톡은?"

"그것도 하지 마."

"아, 알았어."

멋쩍게 고개를 끄덕이는 그녀.

사실 예전에는 이런 대화를 나눌 일이 없었다.

[헤어지려니 괜히 잘 생겨 보이네. 아쉽지만 300만 원짜리 핸드백을 얻게 되었으니 그걸로 만족해야겠지. 세라에게 얼른 석기 씨랑 헤어졌다고 코톡 보내야겠다.]

석기는 먼저 백화점에서 나왔다.

기분이 엿 같았다.

하지애가 그동안 석기를 만난 것은 결국 300만 원짜리 핸드백을 손에 넣기 위해서였음을.

겨우 그의 존재가치가 300만 원짜리 핸드백보다 못하다는 생각이 들자 자괴심이 들었다.

'혼란스럽다. 하지애가 오세라와 연관이 있는 인물이었다니.'

예전 생에서 석기와 오세라의 결혼식에 하지애는 초대받

지 않았다.

진정한 친구가 아니란 의미일 터. 돈이 없는 하지애로선 오세라에게 이용이나 당하는 처지일 수도 있었다.

"아아로 한 잔 주세요!"

석기는 거리의 카페에 들어왔다.

아이스 커피를 벌컥벌컥 마셨지만 속은 여전히 답답했다.

야산에 파묻혔던 그가 다시 살아난 것도 엄청난 일인데, 거기에 회귀까지 해 버렸다.

심지어 사람 속마음까지 들린다.

[저 남자 멋지다!]

[호! 완전 내 취향인데?]

[의상은 별론데 와꾸는 봐줄 만하네.]

석기가 자리한 옆쪽 테이블에 여대생 셋이 앉아서 커피를 마시며 잡담을 나누고 있었다.

혼자 있는 석기를 힐끔거리는 여대생들의 속마음이 들렸다.

'내가 멋지게 생겼다고?'

현재 석기는 명성기업의 평사원.

외모는 거의 평범한 축에 속했다.

이제까지 길거리에서 여자들에게 핸드폰 번호를 알려 달라는 소리를 들은 적이 없었다.

그랬는데.

"저기 폰 번호 좀⋯⋯."

"저도요."

"넘 잘생기셨어요!"

석기가 자리에서 일어나려는데 여대생들이 경쟁하듯이 수줍은 기색으로 핸드폰을 내밀었다.

"좋게 봐주셔서 감사하지만 여친이 있거든요."

조금 전에 하지애와 헤어졌다.

하지만 죽다 살아난 지 얼마 되지 않은 석기로선 함부로 여대생들에게 핸드폰 번호를 알려 주고 싶지 않았다.

"……!"

화장실 거울에 비친 석기 얼굴.

확실히 예전과 달라진 느낌이다.

키도 좀 더 커지고.

얼굴 피부도 좋아지고.

외꺼풀이지만 선명한 눈동자가 매력적으로 보인다.

전 여친 하지애가 시술받았냐는 소리를 할 만도 했다.

'죽다 살아나서 그런가?'

적응은 안 되지만 기분은 좋았다.

석기 인생에 잘생겼다는 소리를 들을 날이 오다니.

"석기 씨! 여기야!"

석기는 두 번째 여자를 만났다.

여자라면 이제 겁이 나서 별로 만나고 싶지 않았다.

그럼에도 석기가 예전처럼 두 번째 여자를 만난 것은 바로 오세라 때문이었다.

첫 번째 여친 하지애가 오세라의 입김으로 석기를 만난 것을 알게 되었다.

그랬기에 어쩌면 두 번째 여친도 오세라와 연관이 있을지도 모른다는 것에 확인하고 싶었다.

두 번째 여친 이름은 주유니.

예전에는 하지애와 헤어지고 석 달 정도 흐른 후에 주유니를 만났지만 이번에는 그렇게 하지 않았다.

바로 다음 날 그녀에게 연락했다.

주유니는 소개팅 어플로 만난 사이였기에 마음만 먹으면 언제든지 그녀와 만날 수 있었다.

혼전순결을 고집하던 하지애와 달리 주유니는 성에 대해서 개방적인 마인드였다.

그런 점은 오세라와 닮았다.

주유니와 첫 만남은 예전처럼 호프집에서 가졌다.

죽기 전에 결혼도 해 보았고 오세라와 살면서 여자에 대해 알 만한 것은 모두 알고 있었다.

예전에 석기가 주유니를 만났을 때는 개방적인 그녀의 성격이 감당이 안 되어서 식은땀을 질질 흘리기에 급급했지만,

이번에는 달랐다.

석기와 키스를 나눈 주유니.

그녀는 이제까지 만난 남자 중에서도 손가락에 꼽을 정도로 석기가 마음에 들었다.

[이 남자, 세라가 전해 준 정보와는 전혀 딴판이잖아. 와우! 생긴 것도 그렇고 진짜 매력 쩌는데? 키스는 왜 이렇게 잘한다니?]

석기는 주유니의 속마음에 얼굴이 화끈거렸지만, 역시 그의 짐작대로 주유니 역시 오세라와 연관이 있음이 분명했다.

호프집을 나오자 주유니가 석기를 자연스럽게 자동차 대리점이 있는 곳으로 이끌었다.

예전에는 백일 정도 만나고 나서 주유니와 자동차 대리점에 왔기에 과연 이번에도 그녀가 전과 똑같은 행동을 보일까 싶었는데.

"나 저거 갖고 싶어!"

"저거라면 승용차?"

"응! 3천이면 돼!"

"3천?"

"우리 첫 만남 기념으로 차 한 대 뽑아 줄 수 있잖아. 안 그래?"

이 여자가 미쳤나?

그녀는 예전과 똑같이 행동했다.

하지만 두 사람이 만난 지 겨우 첫날부터 3천만 원짜리 차를 뽑아 달라는 주유니의 모습에 석기는 하도 어이가 없어 고개를 절레절레 저어 댔다.

아무리 주유니가 세나의 요구로 석기와 헤어질 작정으로 그런 말을 꺼냈다고 쳐도 선을 넘은 건 확실했다.

"더는 그쪽을 감당할 자신이 없다! 그러니 이만 헤어지자!"

예전에는 그래도 주유니와 백일까지 갔지만 이번에는 첫날에 이별 선언을 하게 되었다.

어차피 주유니와 사귈 마음으로 만난 것이 아니었기에 서운한 감정은 전혀 들지 않았다.

[헤어지려니 아깝네. 이런 남자 흔치 않은데. 하지만 세라에게 3천만 원짜리 차를 공짜로 받게 될 테니 그걸로 위안 삼지, 뭐.]

주유니의 속마음에 석기는 이제 확실하게 알게 되었다.

오세라는 자신보다 외모도 떨어지고 돈도 없는 친구들을 이용하여 석기에게 자신만 한 여자는 없다는 것을 각인시키려 했던 모양이다.

그것도 모르고 예전에 석기는 그동안 만난 여자들과는 달리 데이트 비용을 비롯하여 고가의 제품들을 아낌없이 척척 사 주는 그녀를 그를 진심으로 사랑하는 여자라고 착각했다.

그 결과 허무하게 죽어서 야산에 묻히는 신세가 되었지만.

"코톡도 안 돼?"

"응. 아무것도 하지 마."

"너무해."

"질척거리는 여자 매력 없어."

주유니도 하지애처럼 예전과는 다른 반응을 보였다.

예전에는 이별 선언을 쿨하게 받아들였던 그녀였는데 이번에는 석기와 헤어지는 것을 크게 아쉬워하는 기색이었다.

❀

석기는 회사에 출근했다.

예전보다 모든 것이 앞당겨졌다.

하지애, 주유니…….

두 명의 여자와 헤어진 상태이니 예전처럼 이제는 오세라가 나설 차례라고 생각했다.

또각또각! 또각또각!

역시 아니나 다를까.

석기가 회사 로비에 등장한 순간 기다렸다는 듯이 누군가의 하이힐 소리가 요란스럽게 울려 퍼졌다.

오세라였다.

명성기업 회장의 외동딸.

그녀의 화려한 성격을 대변하듯이 예전에 보았던 차림새대로 이번에도 똑같은 새빨간 원피스에 하이힐을 신고 있었다.

예전에는 오세라의 겉치레에 홀려 저런 모습을 새빨간 장미처럼 아름답다고 여겼다.

하지만 죽다 살아난 지금은.

원수나 다름없는 악마였다.

석기의 머리통이 박살 나서 죽는 모습을 보면서도 지루하다는 표정으로 담배 연기나 뿜어 대던 그녀였다.

"어머머!"

드디어 쇼 타임이 시작되었다.

석기와의 거리가 가까워지자 오세라가 휘청거리며 바닥에 넘어진 자세를 취했다.

풀썩!

확실히 지금 상황이 오세라의 의도된 행동이라는 것을 알고 나니 예전에는 못 보던 것이 석기 눈에 들어왔다.

일단 오세라의 동작이 어설펐다.

그녀는 최대한 몸에 무리가 가지 않도록 아주 조심해서 바닥에 주저앉은 동작을 취했다.

백 퍼센트 연기란 의미였다.

사실 넘어지는 자체는 급작스러운 예기치 못한 상황에서 벌어진 일이라 동작이 민망한 경우가 많았다.

다음은 가슴골이 드러나는 의상.

석기를 의식하여 고른 의상일 터.

예전에는 넘어진 오세라를 일으켜 세우면서 석기는 눈을

어디로 둘지 몰라 여간 난처한 것이 아니었다.

하지만 이번에는 오세라의 가슴골 따위에는 하나도 관심이 없었다.

또한 석기가 그녀를 일으켜 세울 필요도 없었다.

"수위 아저씨!"

"네?"

"이리 와서 좀 도와주시죠!"

"아아! 아, 알겠습니다!"

오세라는 교활한 여자였다.

이전 생에서도 석기를 노리고 로비에서 넘어졌을 터였다. 아마 오세라가 사전에 수위 아저씨에게 절대 끼어들지 말도록 언질을 주었을 것이다.

그러니 수위 아저씨가 회장 딸이 넘어진 상황에 저리 꿰다 놓은 보릿자루처럼 굴고 있는 것일 터.

"어이구! 세라 아가씨! 다친 곳은 없으……! 아차차!"

석기의 요청에 수위 아저씨가 호들갑스럽게 오세라를 부축하려다가 당황한 기색으로 자기 입을 쳤다.

세라 아가씨.

그 말이 나온 탓일 터.

오세라가 수위 아저씨에게 그녀가 회장 딸이라는 것을 석기 앞에서 비밀로 하라고 했던 모양이다.

그녀가 석기를 진심으로 사랑한다고 믿게 만들려면 아직은 회장 딸이라는 것이 석기에게 밝혀져선 곤란했기에 말이다.

"됐어요! 심하게 넘어진 것도 아니니 아저씨는 가서 일 보세요!"

"죄, 죄송합니다, 아가씨!"

수위 아저씨 덕분에 쇼 타임이 일찍 파국을 맞게 되었다.

[대체 이놈 뭐야? 나처럼 예쁜 여자가 넘어진 걸 봤으면 직접 일으켜 줘야 하는 거 아냐? 일부러 앞이 잔뜩 파인 옷까지 입고 왔더니만.]

오세라 속마음이 들렸다.

석기는 욕지기가 치밀었다.

'미친년!'

오세라는 자신이 예쁜 것을 안다.

그녀는 외모를 이용하여 남자를 하인처럼 부리는 것을 즐긴다.

열이면 열.

이제까지 그녀를 만난 남자들은 죄다 오세라의 외모에 홀려 그녀의 수작에 놀아났다.

"나한테 뭐, 할 말 없어요?"

오세라는 자존심이 상했다.

석기의 반응이 너무 무덤덤했다.

그녀가 오늘 급하게 날을 잡은 것.

하지애와 주유니가 석기를 좋게 평가한 것에 납득이 안 되어 직접 석기를 만나 확인할 생각이었다.

　-평사원에 빽도 돈도 없는 고아.
　-중위권 대학 출신에 외모는 지극히 평범함.

그것이 오세라가 알고 있는 석기에 대한 신상 내력이다.

무엇 하나 내세울 것 없는 남자.

그렇기에 석기를 잔뜩 저평가했다.

그런데 직접 만나 보니.

[이놈, 이거……. 완전 내 취향이잖아.]

그녀가 전달받은 석기에 대한 정보.

돈도 빽도 없는 고아는 틀림없는데.

석기 외모는 전혀 평범하지 않았다.

싸구려 정장을 걸쳤음에도 빛이 났다.

이제까지 그녀가 만났던 연예인에 전혀 뒤지지 않는 분위
기였다.

남자를 사귈 때 무엇보다 외모를 중시하는 그녀 스타일이
다.

[지애와 유니가 주접을 떤 이유가 있었네.]

하지만 석기의 외모를 인정하면서도 오세라는 뭔가 분했
다.

아름다운 그녀를 대하는 석기의 눈빛 때문이다.

그녀에게 전혀 반한 기색이 아니란 것이다.

오세라의 가슴속에서 호승심이 불타올랐다.

[빨리 내게 반했다고 말해!]

오세라 속마음을 읽은 석기.

예전 같으면 오세라 같은 미인이 먼저 말을 걸 경우, 크게 당황하여 안절부절못했겠지만.

그는 야산에 파묻혀 죽었다가 살아난 남자였다.

그것도 눈앞의 여자와 결혼해서.

"많이 다치지 않았다니 다행이네요. 그럼 좋은 하루 되세요."

석기가 그녀를 스쳐 지나갔다.

오세라 얼굴이 와락 일그러졌다.

이런 경험은 처음인 탓이다.

그녀 부친이 빼돌린 비자금을 뒤집어쓸 최적의 먹잇감.

그런 석기가 그녀는 거들떠보지도 않고 저만치 가 버린 것에 기가 막혔다.

"이, 이봐요! 멈춰요!"

오세라가 석기를 불러 세웠다.

순순히 석기를 놔줄 리 없을 터.

반면, 그녀의 수작을 훤히 손바닥 들여다보고 있던 석기가 심드렁한 표정으로 오세라를 쳐다봤다.

"왜 그러시죠?"

"넘어진 저를 위해 수위 아저씨를 불러 주신 것에 대한 사례를 하고 싶어서요."

오세라는 석기를 이대로 보낼 수 없었기에 말도 안 되는 핑곗거리를 갖다 붙였다.

오늘 그에게 술이 떡이 되도록 먹여서 호텔로 데려가야만 했다.

관계를 갖고 나면 자신을 절대 벗어나지 못할 것이라 여겼기에.

"사례는 마음으로만 받을게요."

석기가 오세라를 무시하고 승강기가 있는 곳으로 가 버렸다.

"하아!"

낭패감에 그녀가 입을 떡 벌렸다.

부친에게 큰소리를 땅땅 쳤는데 최상급 외모인 그녀가 평사원 하나 제대로 꼬드기지 못한 것이다.

❁

사무실로 올라온 석기.

어젯밤엔 생각이 복잡했지만, 막상 사무실에 나오니 머릿속이 명료해졌다.

그의 품속에는 사직서가 준비된 상태였다.

회장이 빼돌린 회사 공금을 그에게 덮어씌우려는 회사에 계속 다닐 이유가 없었다.

'사직서를 내더라도 복수는 하고 떠나야겠지.'

석기가 사무실 안을 둘러봤다.

각자의 일을 보느라 바쁜 직원들 분위기라 석기가 무엇을 하든지 관심이 없을 것이다.

부장 자리를 살펴봤다.

마침 자리를 비운 상태였다.

예전에 석기가 억울하게 죽은 것에 부장의 역할도 자못 중요하게 작용했다.

회장의 라인인 부장.

그는 회장 비자금을 담당했다.

부장은 회장에게 눈도장을 찍을 요량으로 석기를 제물로 바친 악독한 인물이기도 했다.

'이번에는 내가 선수를 칠 것이다.'

석기는 부장을 엿 먹일 작정이다.

지금 시기면 회장이 회사 공금을 스위스 은행으로 옮기기 전일 테니 부장이 돈을 관리하고 있을 터.

'억울하게 죽은 것에 대한 보상이 필요해.'

부장이 회장의 비자금 명목으로 관리 중인 3천억.

석기는 거기에서 100억을 그가 꿀꺽할 생각이다.

마음 같아선 3천억을 모두 빼돌리고 싶었지만, 그렇게 하면 문제가 커질 수가 있었다.

'3천억에서 100억이 비는 것이 밝혀지면 구린 구석이 많은 회장으로선 열은 잔뜩 받겠지만 일단은 조용히 덮고 넘어가려 할 터.'

회사 공금을 몰래 비자금으로 빼돌릴 계획인 회장으로서는 괜히 100억 때문에 회사를 들쑤셨다간 득 될 것이 없을 테니 말이다.

물론 야비한 회장 성격에 책임을 전가시킬 인물에게 당연히 지옥을 선사할 테고, 사라진 100억을 포기하기 어려울 테니 비밀리에 돈을 찾아내고자 할 수도 있었다.

하지만 석기는 그 점에 대해 단단히 대비를 해 놓았다.

'감쪽같이 털어 주마!'

회귀 전에 본부장으로 지닌 경험이 있기에 재벌들이 흔히 사용하는 자금 세탁 방법을 잘 알고 있다.

스위스 은행 계좌에 이체된 100억은 여러 루트를 거쳐 세탁될 것이고, 종국에는 100억 모두 코인으로 탈바꿈하게 될 것이다.

국내의 석기 계좌는 깨끗할 터.

복수를 하려면 덜미를 잡히지 않도록 철저하게 해야만 했다.

석기는 이번 생은 절대 당하고 살지 않을 작정이다.

무엇보다 2년 전의 과거로 회귀한 것이 신의 한 수였다.

팬더 코인.

그것에 100억을 몰빵할 생각이다.

'코인으로 바뀐 100억은 3개월 후면 열 배로 껑충 뛸 것이다.'

100억의 열 배면 1천억!

3개월 후면 석기는 엄청난 부자가 되어 있을 것이다.

'내가 회사를 그만두면 또 다른 제물이 필요하겠군.'

회장은 회사 공금으로 비자금을 만드는 것을 절대 포기하지 않을 테니 석기가 회사를 그만두면 오세라를 이용해서라도 또 다른 먹잇감을 물색하고자 할 것이다.

석기 다음 대타는 없을 것이다.

그가 그렇게 만들 테니까.

'화려하게 복수해 주마!'

석기가 100억을 손에 넣고 회사를 떠나면 이곳에 세무감사 폭탄이 떨어지게 만들 작정이었다.

그렇게 되면 무엇보다 회장은 회사 공금으로 비자금을 조성하는 짓거리를 못 하게 될 터. 물론 그것 이외에도 자금 면에서 여러 문제점이 많은 회사이니 감사를 받게 되면 회장은 사퇴하게 될 것이다.

또한 부장도 마찬가지.

석기가 꿀꺽한 100억은 부장이 뒤집어쓰게 될 것이니 그도 회사에서 쫓겨나고 말 것이다.

'이체는 성공적으로 끝났다!'

평사원인 석기로선 절대 불가침의 영역이었지만, 예전에 본부장을 지낸 덕분에 부장의 아이디와 비번을 이용하여 부장이 관리하고 있던 자금을 석기가 원하는 방향으로 감쪽같이 처리할 수 있었다.

마침 부장이 자리에 돌아왔다.

아슬아슬했다.

방금 석기가 저지른 일에 대해선 부장은 평생토록 눈치채지 못할 것이다.

나중에 100억이 사라진 것을 조사해 봤자 부장의 아이디와 비밀번호로 작업을 처리했기에 부장이 빼돌린 짓으로 처리가 될 터. 억울하다고 울어 봤자 누구도 부장 편을 들어 주지 않을 것이다.

"이게 뭐지?"

"사직서입니다."

"사직서를 왜?"

부장은 크게 당황한 기색으로 사직서를 내민 석기를 쳐다봤다.

석기를 회장의 비자금을 조성하는 데 제물로 사용할 것에 회장과 이미 모종의 거래가 된 상황인데, 그가 사직서를 제출한 것이니 기가 막혔다.

"회사를 그만둘 생각입니다."

"이, 이렇게 갑자기 사직서를 내는 것이 어디 있어! 안 돼! 절대 승낙할 수 없으니 그렇게 알아!"

부장이 펄펄 뛰었다.

석기가 회사를 그만두면 계획했던 일이 틀어지게 된다.

[회장에게 제물로 바칠 놈으로 점찍어 놓았는데 회사를 그만두면 승진은 물거품이 될 거야.]

부장의 속마음이 들렸다.

석기를 자신의 승진을 위한 도구로 여기고 있는 악독한 부장에게 진저리가 쳐졌다.

"이 사직서는 반려야!"

쫘아악!

심지어 부장은 석기가 보는 자리에서 사직서를 찢어 버렸다.

직원들이 이쪽을 술렁거리며 쳐다봤지만, 석기는 태연히 품에서 다른 사직서를 꺼냈다.

"그럴 줄 알고 하나 더 준비했습니다! 회사 그만두는 거, 저로선 많이 생각하고 결정한 일입니다!"

"하아!"

부장이 멍하니 석기를 쳐다봤다.

이제까지 알던 석기가 아니었다.

고아에 빽도 없는 석기라 생각하여 제물로 바쳐도 탈이 날 것이 없다고 생각했는데.

석기의 눈빛이 얼음처럼 차갑다.

그만 석기에게서 눈을 피한 부장.

[젠장! 다른 제물을 물색해야겠군.]

부장의 속마음을 읽은 석기.

처억!

중지를 들어 올렸다.

부장이 시뻘게진 얼굴로 씩씩거리며 석기를 노려봤지만 상관하지 않고 사무실을 나와 버렸다.

회사 로비로 내려온 석기.

마침 로비 입구로 비서실장을 동행한 회장이 들어서고 있었다.

명성기업 회장 오장환.

사람 좋아 보이는 후덕한 인상.

식탐이 강한 인물답게 맛있고 몸에 좋은 것을 많이 먹어서 그런지 풍채가 상당했다.

우르르!

회장의 등장에 수위 아저씨는 이미 선착으로 입구 쪽에 허리가 잔뜩 굽혀진 상태였고, 뒤를 이어 개미 떼처럼 나타난 간부급 직원들이 입구를 통과한 회장을 향해 일렬로 늘어서서 정중히 고개를 숙인 모습을 연출했다.

'나를 죽인 원수!'

승강기 앞에 멈춰 선 석기는 이를 꽉 물고는 다가오는 회장 오장환을 이글거리는 눈빛으로 노려봤다.

평사원인 석기다.

그런 석기로선 회사의 대빵인 회장은 감히 하늘과도 같은 대단한 존재가 아닐 수 없었다.

하지만 회귀 전에 석기는 회장의 지시로 조폭 같은 사내들에게 골프채로 뒤통수가 박살이 나도록 얻어 터져 생을 마감했다.

석기의 입장에서는 회장은 살인마나 진배없다.

"저놈은 뭐야?"

그러자 로비에서 혼자 고개를 빳빳하게 들고 있는 석기가 회장 오장환의 눈길을 잡아끌었다.

"재무팀에서 근무하고 있는 신석기라는 직원입니다."

"신석기?"

비서실장의 보고에 회장은 그제야 떠오르는 기억 때문인지 흥미를 느낀 듯이 눈빛이 반짝였다.

[제물로 삼겠다던 그놈이로군.]

신석기.

이름이 워낙 특이했다.

적당한 제물을 물색했다는 부장의 보고에 그럼 회사에 혹시 구석기는 없냐고 농까지 했을 정도였다.

물론 얼굴은 잘 기억나지 않았다.

부장이 회장에게 건넨 석기 이력서 사진은 너무도 평범하게 생긴 인상이었기에.

[평범함과는 거리가 먼 얼굴인데?]

회장 오장환이 보기엔 석기의 준수한 외모는 연예인을 해도 충분히 밥 벌어 먹고살 정도는 되어 보였다.

[그래서 세라가 군말 없이 저놈을 꼬드겨 보겠다고 한 건가?]

회장은 딸 오세라가 남자 얼굴을 꽤 밝히는 것을 알고 있기에 그만 착각해 버렸다.

사실 회장의 딸 오세라는 석기를 먹잇감으로 삼는 문제에 찬성한 것은 나중에 회장이 비자금 명목으로 빼돌린 3천억 중에서 1천억을 그녀에게 떼어 준다는 것에 흔쾌히 동의했던 것이다.

물론 예전과 오세라의 상황이 달라진 점은 있었다.

예전에는 석기를 꼬드기고 결혼까지 했던 것은 모두 돈 때문이었다.

하지만 죽음의 문턱에서 돌아온 석기.

그의 외모가 그녀의 취향이란 점에 돈도 중요했지만 석기를 차지하고 싶다는 강렬한 욕망에 현재 회장실에서 발을 동동 구르고 있었다.

그리고 회장 오장환도 이력서 사진과는 달라 보이는 석기의 분위기도 그렇고, 혼자 고개를 빳빳하게 들고 있는 상황에 호기심이 일었다.

우뚝!

회장이 석기 앞에 멈췄다.

그럼에도 석기는 회장을 향해 인사를 하지 않았다.

여전히 고개를 들고 회장의 얼굴을 지그시 바라볼 뿐이었다.

그런 석기의 행동으로 인하여 비서실장과 뒤로 따라붙은 간부급 직원들의 낯빛이 하얗게 굳어졌다.

"신석기 군인가?"

"그렇습니다만."

오늘 일로 석기는 한 가지 확실하게 알았다.

로비에 들어선 회장의 속마음을 통해, 속마음이 들리는 범위를 체크할 수 있었다.

그리고 회장을 제외한 다른 사람들 속마음이 들리지 않는 것으로 보아 석기가 관심 있어 하는 인물에 한해서 속마음이 들린다는 것도 깨달았다.

"왜 자네는 회장인 나를 보고도 인사를 하지 않는 건가?"

"오늘부로 회사를 그만둘 생각에 사직서를 제출했습니다! 더는 명성기업 직원이 아닌데 저자세를 취할 이유가 없죠."

"뭣이라? 사직서?"

"그렇습니다!"

석기의 흔들림 없는 대답에 오히려 당황한 회장의 눈빛이 크게 흔들리고 말았다.

회사 공금 3천억을 비자금으로 빼돌리고 나서 그걸 덮어씌울 존재로 찍은 제물이 회사를 그만둔다니 어이가 없었다.

[이놈이 사직서를 냈다고?]

회장 오장환은 이게 대체 어떻게 돌아가는 판국인지 해명을 요구하듯이 비서실장을 쳐다봤다.

하지만 지금까지 줄곧 회장 곁에 붙어 있던 비서실장이 어찌 석기의 속을 알겠는가.

"회, 회장님 오셨습니까!"

그때 승강기를 타고 허둥지둥 로비로 내려온 인물.

바로 석기가 근무하던 재무팀의 부장이었다.

석기를 제물로 천거한 부장.

하지만 그 제물이 사직서를 제출한 것에 부장은 회장을 볼 면목이 없다 보니 안절부절 말이 아니었다.

"어떻게 된 것인가?"

"그, 그게……."

말끝을 흐리는 부장의 태도에 회장이 주위를 스윽 둘러봤다.

보는 눈이 많다는 것에 회장이 더는 부장에게 질문을 삼갔다.

석기를 제물로 삼는 것은 가급적 비밀로 하는 것이 좋았기에.

"이따가 회장실로 오게나."

"아, 알겠습니다, 회장님!"

이곳에 더는 있어 봤자 건질 것이 없다고 판단한 회장이 석기를 지나쳐 회장 전용 승강기에 올라탔다.

회장과 간부급 직원들이 사라지자 아직까지 남아 있던 부장이 석기를 향해 비굴한 표정으로 물었다.

"자, 자네 정말 회사를 그만둘 생각인가?"

"이미 끝난 얘기 아닙니까?"

"이곳을 나가면 자네를 받아줄 곳이 있다고 생각하나?"

"없어도 상관없습니다."

"혹시…… 로또라도 당첨된 건가?"

"글쎄요. 하여간 회사를 다닐 마음이 없으니 더는 귀찮게 하지 마세요."

석기의 얼음장처럼 차가운 눈빛에 부장은 찔리는 구석이 있다 보니 눈동자가 불안하게 흔들렸다.

[이놈, 정말로 로또에 당첨이라도 된 거 아냐? 그게 아니면 돈도 없는 주제에 회사를 그만둘 리 없잖아.]

부장의 속마음이 들렸다.

로또에 당첨된 것으로 오해하게 두는 것도 좋긴 했다.

"그래, 어디 여기를 떠나서 얼마나 잘 먹고 잘사는지 두고 보겠네! 블랙리스트로 찍히면 어디에도 취직하지 못할 테니까!"

부장은 끝까지 비열한 존재답게 석기에게 협박조의 으름장을 던지곤 승강기에 올라탔다.

부장이 눈앞에서 사라지자 석기는 실소를 흘렸다.

'뿌린 대로 거두리라.'

석기는 더는 상대할 가치가 없는 인간이라 생각하여 마음을 비우고 로비를 가로질러 성큼성큼 움직였다.

회사에서 그가 들고 나온 것.

그의 핸드폰이 전부였다.

평사원 신분이었기에 아직 중요한 프로젝트에 참여하지 않은 것이 그를 홀가분하게 만들어 주었다.

나머지 그가 사용했던 비품들은 폐기 처분해도 상관없었다.

직원을 충원할 때까지 기다려 줄 수도 있었지만, 이곳은 회장이 빼돌린 비자금을 그에게 덤터기를 씌우려는 악독한 회사였다.

"석기야!"

석기를 다급히 부르는 누군가의 목소리.

회사 동기 박창수였다.

그는 회사 동기이기도 하지만 고등학교 시절의 친구였다.

석기를 향해 달려오는 박창수 이마에 땀이 흥건했다.

비상계단을 달려 내려온 모양이었다.

좀 전까지 승강기는 간부들의 차지였기에 평사원이 이용하기 불편했을 것이다.

"회사 그만둔다면서?"

"벌써 소문이 퍼진 모양이네."

"갈 곳은 있고?"

"그냥 좀 쉬고 싶어서."

박창수는 석기가 회사에서 유일하게 믿을 만한 존재였다.

회귀 전에도 석기가 오세라와 결혼하여 평사원에서 단숨에 본부장이 된 것에 직원들이 질투와 시기로 말들이 많았지만, 박창수는 오히려 본부장 역할에 적응이 안 된 석기를 진심으로 도와주고자 애썼다.

항상 한결같던 박창수.

그가 잘나가던 때나 못 나가던 때나, 변함없이 석기에게 좋은 친구가 되어 주었다.

[무슨 이유인지 모르나 석기가 회사를 그만둔 것은 그럴 만한 사정이 있을 거야.]

지금도 박창수는 석기를 이해하려는 눈빛이다.

"부서에서 송별식도 안 해 준 거야? 하긴, 오늘 저녁에 나랑 소주나 한잔하자."

"그러자."

석기가 웃는 낯으로 박창수를 향해 고갤 끄덕여 주었다.

사실 박창수에게 할 말이 있었다.

다른 사람이라면 몰라도 이곳에서 유일하게 든든한 아군이 되어 주었던 박창수에 대해선 석기도 감정이 남달랐다.

'박창수를 이곳에서 빼내는 것도 괜찮겠군.'

야비한 부장은 석기가 회사를 그만두었으니 석기 대타로 회사 직원 중에서 제물로 삼을 만한 존재를 물색하고자 할 것이다.

그런 점에서 박창수 역시 석기 못지않게 제물로 삼기엔 적당했다.

가족으로 시골에 할머니 한 분만 계시고 돈도 별로 없는 박창수의 환경이었기에, 그가 억울하게 당해도 누구 하나 편들어 줄 사람이 없을 테니 말이다.

하지만 회사에선 아직 박창수의 진면목을 모르고 있었다.

회계 쪽에 특화된 박창수다.

그래서 본부장으로 지낼 당시, 박창수를 석기 곁에 두게 되었다.

박창수는 어떤 업무가 주어지면 그것의 장단점과 손익 계산을 파악하는 것이 빨라 업무 처리에 상당한 도움이 되었다.

만일 석기가 나중에 사업을 하게 된다면 박창수는 누구보다 믿고 맡길 수 있는 든든한 존재가 되어 줄 것이라 여겼다.

❀

저녁 무렵.

석기의 원룸 근처 술집.

그곳에서 석기는 박창수와 만났다.

박창수는 출근할 때 복장 그대로였지만 석기는 편안한 트레이닝복 차림새였다.

그럼에도 석기의 얼굴에선 빛이 났다.

"석기야! 너 갑자기 인물이 훤칠해졌는데 비결이 뭐야?"

"마시는 물을 바꿨더니 그런가?"

"혼자 좋은 거 먹지 말고 나랑 좀 나눠 먹자."

다행히 박창수는 회귀 전과는 크게 달라진 석기의 외모를 더는 의심하지 않고 넘어갔다.

본래 외모에 그다지 관심이 없는 박창수 성격 탓일 수도 있었다.

적당히 술을 마시고 나자 석기는 박창수에게 본심을 털어놓았다.

"창수야, 나랑 사업하자."

"나도 사직서 내라고?"

"앞으로 내가 먹여 살릴 테니 걱정 말고 사표 내."

"하하! 그러다 너 여친 생기면 나 맞아 죽게?"

"앞으로 연애할 생각 없어."

"그 얼굴로 잘도 그러겠다."

석기는 진심이었다.

회귀 전에 오세라와 결혼을 해서 야산에 파묻히고 나니 결혼에 대해 회의적인 생각까지 들었다.

진심으로 석기를 사랑해 줄 여자를 만나지 않는 한은 혼자 사는 것도 나쁘지 않을 듯싶었다.

그리고 석기가 회귀 전에 그렇게 억울하게 당한 것이 모두 돈이 없어서라고 생각하자, 이번 생에선 석기는 돈 많은 부자가 되어 보는 것을 목표로 잡았다.

"창수야! 나 돈 많이 벌 거야!"

"그래, 한국에서 찐 부자 해라!"

"세계적인 찐 부자가 더 좋은데?"

"좋아! 기분이다! 우리 석기, 세계적인 찐 부자 해라!"

"하하하! 찐 부자를 위해 건배!"

"건배!"

박창수 속마음이 들렸다.

[석기도 없는 회사를 무슨 낙으로 다녀. 차라리 녀석과 치킨 가게를 하는 것도 괜찮겠다. 다른 사람이라면 몰라도 석기는 믿을 만하니까.]

석기는 가슴 한구석이 따뜻해졌다.

아직 박창수에게는 말하지 않았지만.

정말로 세계적인 찐 부자가 되고 싶었다.

"참? 너희 부장이 내게 이상한 소리를 하더라."

"무슨 소리를 하던데?"

"회장이 날 눈여겨보고 있으니 조만간 좋은 소식이 들릴 거래."

부장이 석기 대타로 박창수를 찍은 것이 분명했다.

석기가 회사를 그만둔 것에 더는 그런 일이 발생하지 않도록 박창수의 직급을 올려주어 환심을 사려는 것임을.

"그래서 갈등 때려?"

박창수가 쿨하게 나왔다.

"아니, 나 회사 때려치우고 너랑 치킨 가게 할 건데?"

회사를 그만둔 석기.

죽다 살아난 것에 대한 후유증.

사람 속마음이 들린다는 것, 예전과 달라진 외모가 있지만, 그것들은 석기에게 도움이 되는 현상이니 후유증이라기보다는 좋은 현상으로 받아들이기로 했다.

그리고 회귀 전에 비해서 이상할 정도로 컨디션이 좋아졌다는 점도 놀라운 점 중의 하나이긴 했다.

'창수는 사직서를 냈으려나.'

석기는 핸드폰을 들여다보며 아직 아침 시간이라는 것에 씁쓸하게 웃었다.

그동안 회사에 다니던 습관 탓에 아침이 되면 절로 눈에 뜨여 이렇게 일찍 일어난 것이다.

'사업 구상이나 해 볼까.'

박창수에게 회사를 그만두도록 사직서를 내라고 종용했으니 그것에 대한 책임은 져야만 할 터.

사실 박창수는 석기에게 고마워해야 할 일이긴 했다.

석기의 대타로 제물이 될 박창수를 그가 구해 준 셈이니 말이다.

만일 그대로 박창수가 회사를 다니게 될 경우, 회귀 전의 석기처럼 오세라와 결혼을 하게 될 테고, 회사에서 본부장이란 자리까지 차지하게 될 것이다.

하지만 그것들은 겉치레에 불과했다. 제물을 죽이기 전에 호사를 누리도록 회장이 인심을 쓰는 것에 지나지 않았다. 결국 죽으면 모두 끝인 것이다.

'창수라고 다르지 않을 터.'

회사 공금을 빼돌려 비자금을 만들 생각인 회장으로선 회귀 전에 석기가 겪은 그대로 박창수에게 행할 것은 분명했다.

'그 녀석이 내가 자신의 목숨을 구해 준 것을 알면 엎드려 절을 해도 부족하겠지만 그건 나만의 비밀로 해야겠지.'

그리고 어차피 이번 생에선 석기도 그렇지만 박창수도 회장에게 죽임을 당할 일은 없을 터.

조만간 세무감사가 시작되면 발등에 떨어진 불을 끄느라 회사가 비상에 걸릴 것이다.

그때쯤이면 회장은 사라진 100억을 눈치챌 것이고, 부장은 자신의 아이디와 비밀번호로 돈이 빠져나간 사실에 얼이 빠져 발만 동동 굴릴 것이다.

'그때는 이미 늦었어. 내가 꿀꺽한 100억은 죄다 팬더 코

인으로 몰빵했으니 절대 내가 했다는 흔적을 찾아내지 못할 거야.'

석기는 회귀하고 나서 몸의 컨디션만이 아니라 머리 역시 이상할 정도로 핑핑 잘도 돌아갔다.

'코인이 대박을 치고 나면 명성기업에서 하고 있는 사업에 도전하는 것도 재미있을 것 같긴 한데.'

명성기업은 대단한 대기업은 아니었지만 그래도 계열사 다섯 곳을 거느린 중견기업인 셈이다.

명성건설. 명성콘도. 명성화장품. 명성샘물. 명성엔터.

석기가 회귀 전에 본부장으로 지낼 당시 그가 관여한 계열사가 화장품, 샘물, 엔터였다.

회장은 건설과 콘도는 로비가 성행하는 일이라 혹시 석기가 회장 몰래 자금을 빼돌릴까 우려하여 아예 그쪽에 석기를 투입하지 않았다.

'화장품. 샘물. 엔터. 이 세 곳만 잘 공략해도 충분히 승산이 있을 것이다.'

회귀 전에 본부장으로 지낸 연차는 짧지만, 그래도 회사 돌아가는 사정은 훤히 알고 있었기에, 만일 석기가 이 세 가지 사업에 손을 댄다면 커다란 도움이 될 것은 분명했다.

'그만 일어나서 바깥바람을 쐬다 오는 것도 좋겠군.'

그동안 바쁘게 살아온 석기로선 아무것도 하지 않아도 된다는 것이 잘 적응이 안 되었다.

'야산이나 한번 다녀오자.'

석기는 회귀 전에 자신이 묻혔던 야산을 찾아가서 직접 눈으로 살펴보고 싶었다.

죽었던 그가 이렇게 회귀해서 다시 살게 되었으니, 어쩌면 야산에 그가 모르는 신비로운 비밀이 숨겨져 있는 것은 아닐까 생각했다.

'산에 가기 전에 중고차부터 한 대 뽑아야겠다.'

경기도 양평에 위치한 야산.

그곳까지 대중교통을 이용하기는 무리가 있었다.

앞으로의 활동을 위해서도 중고차를 한 대 장만하는 것이 여러모로 좋을 듯싶었다.

석기가 현재 수중에 들고 있는 재산은 2천만 원 정도이니 중고차를 장만할 여력은 되었다.

중고차를 사고 남은 돈과 퇴직금까지 합치면 코인이 대박을 칠 때까지는 충분히 잘 버틸 수 있을 거라 생각했다.

물론 야비한 부장 성격에 석기의 퇴직금을 제때 들어오게 처리해 줄 리 만무했지만, 조만간 세무감사가 나온다면 부장도 딴 수작을 부리지 못할 것이다.

✵

중고차를 구입했다.

연식은 좀 오래되긴 했지만, 엔진 상태도 그럭저럭 괜찮고, 차주가 관리를 잘해서인지 외관도 멀쩡했다.

차 색깔은 하얀색이고, 차종은 국내의 중고차 시장에서 가장 좋은 대접을 받는다는 소형 아반타였다.

부르릉!

회귀 전에 석기는 오세라와 결혼 전까지는 뚜벅이 신세였다.

오세라와 사귀고 나서 1억짜리 외제 차를 선물받았고, 결혼해서는 고액의 고급 세단을 타고 다녔다.

하지만 그런 럭셔리한 차들에 비해서 지금 몰고 있는 차는 중고에다 소형차였지만 오히려 석기는 지금이 훨씬 마음 편했다.

웅웅!

박창수 전화였다.

차를 갓길에 세우고 박창수와 잠시 통화를 나누었다.

"어떻게 되었어?"

-너희 부장 진짜 또라이야! 자기 부서 사람도 아닌 내가 회사를 그만둔다는데 완전 난리야!

하긴 석기 대타로 찍어 놓은 박창수가 회사를 그만두겠다고 했으니 부장은 죽을 맛이었을 것이다.

"혹시 승진시켜 준다고 안 해?"

-왜 안 했겠어! 당장 내일부로 대리로 발령을 내 줄 테니 사

직서는 반려시키겠다고 하더라.

"그래서 뭐라고 했어?"

－배 째라고 했지! 대리가 아니라 과장으로 승진시켜 줘도 싫다, 나 내일부터 회사 못 나오니까 그렇게 알라고 큰소리를 쳤지!

평소에는 순한 박창수였지만 한번 뚜껑이 열리면 아주 겁나는 녀석이긴 했다.

박창수는 당장 회사를 그만둔 석기와는 달리, 직원이 충원될 때까지 한 달을 더 회사에 다니기로 했다고 한다.

그 안에 박창수를 꼬드기려는 부장의 의도일 수도 있지만 박창수 성격에 한 번 마음먹은 것을 물릴 일은 절대 없을 것이다.

어차피 코인이 떡상하려면 좀 더 시간이 필요했기에 박창수가 당장 회사를 나오지 않아도 문제 될 것은 없었다.

✤

야산에 도착했다.

회귀 전에 몇 번 와 본 장소라 네비에 주소를 입력하자 어렵지 않게 찾아올 수 있었다.

하지만 문제는 주변 정경이다.

지금 시기는 이곳에 별장이 건축되기 전이라 그런지 달랑 야산만 있는 상황이다.

별장이 이곳에 건축된 것은 일 년 후였는데, 별장 주인이 사정이 생겨 급매로 내놓은 것을 회장이 헐값으로 사들였다가 딸인 오세라에게 석기의 생일 선물로 주도록 했다.

석기를 죽이고 나서 묻을 무덤으로 사용할 생각에 회장으로선 인심을 썼을 것이다.

그러다 석기가 해외에서 실종으로 처리되고 나면 이곳은 자연스럽게 아내인 오세라의 수중에 들어가게 될 것이니 말이다.

'한번 둘러볼까?'

석기는 별장이 세워진 위치를 가늠하면서 천천히 야산 쪽으로 걸음을 옮겼다.

석기가 회귀 전에 이곳에서 죽었을 때도 봄이었는데 지금 계절도 봄이었다.

야산에 피어난 진달래와 벚꽃.

소소한 볼거리를 제공해 주었다.

'시신을 묻기에는 저 정도 위치가 딱 적당하겠군.'

석기가 한곳에 멈춰 섰다.

별장이 지어질 곳에서…… 거리도 그렇고, 주변 지형도 그렇고 사람을 묻기에 적당한 곳 같았다.

어쩌면 회귀 전에 정말로 그가 묻혔던 장소일 수도 있었다.

그래서인지 기분이 묘했다.

혹시 땅을 파보면 석기의 시신이 나오는 것은 아닐까 하는 생각까지 들 정도였다.

'회귀했으니 당연히 시신은 이곳 세상에는 없겠지.'

주변을 둘러보던 그때.

시신이 묻힐 자리로 적당한 지점이라 여긴 곳에서 얼마 떨어지지 않은 곳이다.

'옹달샘이 있네?'

산속에 있는 샘이니 자연적으로 만들어진 샘이 아닐까 싶었는데, 문제는 마침 그곳에 다람쥐 한 마리가 놀러 왔다는 것이다.

어딘지 뒤뚱거리는 다람쥐 동작이 좀 불안하긴 했지만 다람쥐가 옹달샘을 찾아왔다는 것에 석기는 뜻밖의 재미있는 광경을 목격했다는 듯 흥미를 갖고 다람쥐 행동을 지켜보았다.

'저 다람쥐가 옹달샘 물은 안 먹고 다리를 담그고 있잖아?'

다람쥐 행동이 뭔가 이상했다.

보통 동물이 옹달샘을 찾는 경우 목이 말라서 찾아온 것일 텐데 지금 다람쥐는 그렇지 않았다.

석기는 가까이서 다람쥐를 살펴보고 싶었지만, 혹시나 그로 인해 다람쥐가 놀라 도망갈까 싶어 서 있던 자리에서 꼼짝도 하지 않았다.

'그러고 보니 저 다람쥐 한쪽 다리가 좀 이상한데.'

옹달샘 물에 담근 다람쥐 다리.

그곳에 피처럼 보이는 얼룩이 묻어 있는 것을 발견했다.

'설마 옹달샘 물이 무슨 치유 효과라도 있는 걸까?'

그때 인기척을 감지했는지 다람쥐가 물에 담근 다리를 빼더니 뿌르르 숲 쪽으로 도망쳐 버렸다.

'호! 완전 빠르네!'

다람쥐가 옹달샘에 오기 전에는 뒤뚱거리던 움직임이었는데, 샘에 다리를 담그고 나서는 동작이 날쌔게 변했다.

'만일 저 옹달샘의 효과로 다람쥐가 괜찮아진 것이라면⋯⋯.'

석기는 얼른 옹달샘으로 다가왔다.

옹달샘이 다친 상처를 치유해 주는 효과가 있을지도 모른다고 생각하자 가슴이 두근거렸다.

반짝!

옹달샘 안에서 빛이 흘러나왔다.

정확히는 옹달샘 안에 있는 물체에서 흘러나온 빛이다.

'저게 뭘까?'

평소 같으면 대수롭지 않게 넘어갈 수 있었을 것이다.

하지만 이곳은 회귀 전에 그의 시신이 묻혔던 장소이기도 했고, 방금 다람쥐의 다친 다리가 말짱해진 것을 봐서인지 옹달샘 안에서 반짝이는 물체에 많은 생각을 갖게 만들었다.

'한번 꺼내 보자.'

옹달샘 깊이는 석기의 팔 길이보다 깊어 보였기에 아예 셔츠까지 벗어서 근처의 바위에 올려놓고 팔을 물속에 집어넣었다.

첨벙!

물이 생각보다 몹시 차가웠다.

서늘한 수온에 소름이 오소소 끼쳤지만 참고 바닥을 더듬거리듯 손바닥을 움직이자 뭔가 동그란 물체가 손끝에 잡혔다.

'구슬처럼 생겼는데?'

푸른 유리구슬처럼 투명한 물체.

이런 것이 어떻게 산속의 옹달샘에 들어 있는 건지 신기했다.

'어쩌면 옹달샘의 치유 효과가 구슬에 있는 것은 아닐까. 그리고 죽었던 내가 회귀하게 된 것도 이곳과 뭔가 연관이 있는 것은 아닐까.'

그런 생각을 해서인지 구슬이 특별하게 느껴졌다.

마치 치유의 구슬처럼.

거머쥔 손안이 시원했다.

박하사탕을 입안에 물면 퍼지는 그런 화하고도 상큼한 느낌처럼 손에서 시작한 기묘한 상쾌함이 온몸으로 스멀스멀 퍼졌다.

구슬을 거머쥔 것.

그것의 영향인지 세상이 달리 보였다.

흐르는 공기도.

산속의 풀과 꽃도.

보다 생생한 생명력이 느껴졌다.

'신기한 구슬이다.'

확실히 범상치 않은 구슬임은 분명했다.

구슬에서 흘러나온 기운이 옹달샘만이 아니라 흙으로도 퍼져, 어쩌면 회귀 전에 주변에 묻혔던 그의 시신에 영향을 주었을 수도 있었다.

아니면 죽었던 그가 회귀한 것이나 사람 속마음이 들리는 일은, 아무리 생각해도 과학적으로는 절대 설명할 수 없는 신비로운 일이었기에 말이다.

'만일 이 구슬을 사업에 이용한다면 어떨까?'

뿌린 대로 거둔다

야산을 다녀왔던 석기.

옹달샘에서 얻은 구슬을 집으로 갖고 왔다.

야산에 파묻혀 죽었던 그가 이렇게 회귀한 것.

아무리 생각해 봐도 구슬의 힘이 작용했을 것이란 생각이 강하게 들었다.

그랬기에 석기는 나중에 팬더 코인이 대박을 치게 되어 거금이 수중에 들어오게 되면 1순위로 해야 할 일에 바로 야산을 매입하는 것을 계획에 넣었다.

구슬을 품었던 야산이다.

행운과도 같은 야산을 그가 차지할 것이다.

절대 다른 사람 손에 넘어가게 둘 수 없었다.

특히 무슨 일이 있어도 이번 생에는 그곳이 오장환 회장과 연관이 있게 만들지 않을 것이다.

앞으로 사업을 할 석기였다.

구슬이 지닌 신비로운 힘을 잘만 활용한다면 석기에게 엄청난 부를 갖게 해 줄 수도 있다고 생각하자 가슴이 두근거렸다.

'구슬을 실험해 볼 필요가 있어.'

석기는 비좁은 원룸을 둘러봤다.

보증금 500에 달마다 50만 원을 내야 하는 월세로 살고 있는 원룸이다.

반지하라는 단점은 있지만, 방 하나에 라면 정도는 끓여 먹을 수 있는 주방도 있고, 혼자서 사용하는 욕실도 있다.

그동안 석기는 이곳에서 사는 것에 그럭저럭 만족하게 여겼고, 돈도 적당히 먹고살 수준만 되면 괜찮다고 여기며 살아왔다.

하지만 그건 죽었다 살아나기 전의 생각이었다.

야산에 한 번 묻혀 보고 나니 삶에 대한 생각 자체가 달라졌다.

'누구도 날 무시하지 못하게 만들고 싶다.'

그러기 위해선 돈을 벌어야만 했다.

그것도 아주 엄청나게 많이 말이다.

석기를 패 죽여 야산에 묻도록 한 오장환.

그 살인마에게 돈으로 복수를 해 줄 작정이다.

타악!

냉장고를 열어 생수병을 하나 꺼냈다.

구슬을 실험하려면 물이 필요했다.

'하필.'

생수병을 든 석기의 눈빛이 차갑다.

명성샘물.

명성기업에서 제조한 샘물이다.

멍청하게 명성기업에 다닌다는 것에 그동안 다른 생수는 쳐다보지도 않고 회사에 충성한답시고 이것만 죽자고 마셨다.

'구슬을 실험하는 물로 명성 것을 사용하고 싶지 않다.'

명성 로고를 보니 울컥 화가 치밀어 생수병을 싱크대로 가져갔다.

명성에서 만든 생수로 실험하려니 괜히 엿 같은 기분이 들어 물을 쏟아 버리고 다른 생수를 사 와서 실험할 생각이다.

그런데 막 뚜껑을 비틀어 싱크대로 물을 쏟아부으려는 순간.

'굳이 이럴 필요가 있을까.'

회귀 전의 석기는 명성의 본부장을 지냈다.

그랬기에 명성에서 담당했던 사업에 빠삭했다.

해서 이왕 사업을 하더라도 명성에서 하는 사업과 같은 업종으로 경쟁해서, 확실하게 명성을 눌러 주는 복수도 짜릿할 것이라 여겼다.

건설과 콘도 사업은 몰라도 화장품, 샘물, 엔터 사업은 자신 있었다.

그런 점에서 명성샘물도 석기가 눌러야 하는 업종 중 하나라고 보면 되었다.

명성샘물보다 훨씬 뛰어난 샘물을 만들 필요가 있었다.

'비교할 대상이 필요하니 버리지 말고 그냥 두자.'

석기는 명성샘물을 싱크대에 그대로 내려놓았다.

구슬로 만든 물을 명성샘물과 비교해 볼 생각이다.

싱크대 찬장에서 머그잔을 두 개 꺼냈다.

'좋아. 수돗물로 실험을 해 보자.'

맨 수돗물을 그냥 마시는 사람은 없을 터.

하지만 구슬이 들어간다면 뭔가 다를 것이라 생각했다.

쏴아!

수도를 틀어 머그잔에 채웠다.

나머지 하나엔 명성샘물을 담았다.

방금 냉장고에서 꺼낸 탓에 시원한 상태의 명성샘물이었고, 그에 비해서 수돗물은 미적지근한 상태였다. 이대로 마신다면 당연히 명성샘물이 우위일 터.

'이제 구슬을 넣어 보자.'

손수건으로 고이 싸 온 구슬을 꺼냈다.

푸른빛이 신비롭게 흘러나오는 구슬.

그걸 수돗물이 든 머그잔에 집어넣었다.

'1시간 정도가 좋겠다.'

석기는 핸드폰을 꺼내어 시간을 확인했다.

1시간 정도 수돗물에 집어넣은 구슬.

그것이 과연 어떤 효과를 줄지 미지수였다.

구슬이 들어간 머그잔의 물은 육안으로는 반응을 확인할 수 없었다.

그저 잠잠히 구슬이 들어가 있는 상태일 뿐 별다른 특별한 점을 찾아볼 수 없었다.

'혹시 옹달샘이 아니라 효과가 없는 것은 아닐지.'

만일 효과가 없다면 구슬을 다시 옹달샘에 가져다 놓고 그곳의 물을 이용하는 방법도 있긴 했다. 그렇게 되면 아무래도 불편함이 따를 테고 구슬을 잃어버릴 것에 대한 불안감도 있을 것이다.

'분명 효과가 있을 거야.'

기연처럼 석기의 눈에 띈 구슬이다.

석기는 구슬을 믿어 보기로 했다.

'1시간이 되었다.'

석기는 머그잔에 넣었던 구슬을 꺼냈다.

그러곤 머그잔에 담긴 물을 찬찬히 살펴봤다.

구슬을 집어넣었을 때나 꺼냈을 때나 육안으로 보기엔 여전히 별 차이가 없어 보였다.

살짝 불안해지는 기분.

호흡을 길게 뿜어내곤 눈에 힘을 주었다.

'물맛이 과연 달라졌을까?'

일단 석기는 명성샘물부터 맛을 봤다.

그동안 이용하던 생수답게 역시 입에 익숙한 물맛이다.

게다가 냉장고에서 꺼낸 지 좀 되긴 했지만 아직 시원했다.

'이번엔 구슬이 들어간 수돗물을 마셔 보자.'

석기는 가슴이 조마조마했다.

떨리는 가슴을 진정시키며 수돗물이 든 머그잔을 입가로 가져갔다.

'제발!'

구슬이 들어갔던 수돗물을 한 모금 맛본 석기.

과거에 생수가 떨어졌을 때 수돗물을 마셔 본 경험이 있었다.

약간 물맛이 비릿하면서 소독약 냄새가 났다.

하지만 지금 맛본 물은…… 그것과 달랐다.

"와우! 이게 수돗물이라고?"

전혀 수돗물 같지 않았다.

어떻게 된 것이 방금 맛본 명성샘물보다 몇 배로 시원했다.

미적지근한 수돗물인데 말이다.

시원하고 단맛도 나는 느낌.

맛있는 물이란 생각이 들었다.

물에서 맛을 느낀다는 것이 이상한 일이긴 했지만 지금 맛본 물에선 딱 그런 느낌을 들게 해 주었다.

꿀꺽꿀꺽!

석기는 물맛이 워낙 좋다 보니 단숨에 머그잔의 물을 비워버렸다.

명성샘물을 압도하는 수돗물.

모두 구슬의 효과일 것이다.

"오오오! 대박!"

짜릿한 전율이 일었다.

실험에 성공했다.

옹달샘에 구슬을 갖다 놓지 않아도 된다.

'거울을 한번 볼까.'

석기는 벽에 걸린 거울을 쳐다봤다.

혹시 모르는 일이라 피부 상태를 확인하고 싶었다.

회귀를 하고 나서 석기의 피부는 명품 피부관리숍에서 다년간 시술을 받은 사람처럼 놀라울 정도로 좋아진 상태였다.

그랬기에 지금 상태에서 더는 좋아져 봤자 티도 나지 않을 것이라 여겼지만.

'허어! 이거 완전 대박인데?'

겨우 물 한 잔 마셨을 뿐인데.

금방 효과가 눈으로 나타났다.

모공이 거의 보이지 않을 정도로 매끈하고 탱탱한 피부.

이걸 보고 삶은 계란 같은 피부라고 하는 걸까.

'수돗물도 상관이 없다니.'

구슬만 있다면 어떤 물이건 상관없이 엄청난 물로 둔갑할 수 있다는 것이다.

국내에서 나름 인지도 높은 명성샘물이지만 전혀 상대가 되지 않는다.

그렇다면 구슬을 집어넣은 시간을 좀 더 늘리면 어떻게 될까.

호기심이 생겼다.

겨우 1시간 정도 구슬을 집어넣었을 뿐이다.

그럼에도 이런 효과를 가져다준 것이다.

의료 업계와 화장품 업계.

두 곳을 발칵 뒤집히게 만들 사건이 아닐 수 없었다.

만일 구슬의 신비로운 효능이 알려지면 사람들은 눈에 불을 켜고 구슬을 손에 넣고자 안달을 부릴 것이 분명했다.

'구슬에 대해선 나 혼자만 아는 비밀로 하는 것이 좋겠다.'

만일 구슬을 이용하여 사업을 하더라도 구슬의 효능에 대해선 절대 사람들에게 알려지지 않도록 조심해야 할 것이다.

'다시 실험해 보자.'

석기는 명성 생수통을 저만치 밀어 버렸다.

비교할 가치조차 없었다.

앞으로 생수 사는 데 돈을 들일 필요가 없어졌다.

콸콸!

석기는 빈 머그잔에 다시 수돗물을 가득 따랐다.

이번에는 구슬을 2시간 동안 집어넣을 생각이다.

풍덩!

구슬을 머그잔에 집어넣었다.

핸드폰으로 2시간 알람을 맞춰 놓았다.

기다리면서 핸드폰으로 이것저것 검색하면서 시간을 보냈다.

회사를 그만두니 이런 점에선 여유가 있어 좋았다.

간간히 머그잔의 물을 살펴봤지만 아까처럼 별다른 반응이 없었다.

드디어 알람이 울렸다.

'이제 구슬을 꺼내야겠다.'

석기는 머그잔에서 구슬을 꺼냈다.

구슬을 2시간이나 집어넣은 물이다.

아까 물보다 더욱 맛도 좋고 효력도 좋을 터.

2시간짜리 물을 맛보려니 절로 입맛을 다시게 되었다.

'가만?'

순간 석기가 동작을 멈추었다.

옹달샘에서 발견했던 다람쥐가 떠오른 탓이다.

물맛은 한번 봤으니 이번엔 다른 실험을 해 보는 것도 좋으리라.

실내를 둘러보던 석기의 눈에 커터칼이 보였다.

'이 물이 상처에도 효과가 있을까?'

커터칼을 든 석기의 손이 살짝 떨렸다.

그도 자신의 몸에 상처를 내는 일이 내킬 리 없었다.

하지만 실험은 필요했다.

스윽!

커터칼로 검지를 살짝 그었다.

깊지 않은 상처였지만 새빨간 핏물이 왈칵 맺혔다.

지금 상태로 집어넣으면 물에 핏물이 번질 테지만 실험이니 한번 해 보기로 했다.

'어?'

다친 손가락을 머그잔 물에 담갔다.

상처가 난 상태로 물에 닿았는데.

전혀 쓰라리거나 따갑지 않았다.

또한 핏물이 번지지도 않았다.

물속에 집어넣자 마치 지혈이 된 것처럼.

'어어? 손가락이?'

물속에 담근 손가락이 가려운 느낌이 들었다.

벌써 상처가 나은 걸까?

그 상태를 좀 더 유지했다.

그러다 더는 아무런 느낌이 들지 않자 머그잔에서 손가락을 빼 보았다.

"상처가……."

상처가 거짓말처럼 사라졌다.

커터칼로 베기 전의 상태처럼 말짱한 손가락 상태였다.

석기의 입이 벙긋 벌어졌다.

두 가지 실험이 성공했다.

'이번엔 구슬을 집어넣은 물을 끓여서 차를 마시면 어떻게 될까?'

석기는 구슬을 가지고 이것저것 실험을 해 보았다.

구슬을 담갔던 물을 끓여서 믹스 커피를 타보았다.

이제까지 마셨던 그 어떤 커피보다 최고로 맛있었다.

계속 구슬이 들어갔던 물을 마신 효과일까.

석기의 피부가 반짝반짝 윤이 났다.

최상의 꿀 피부를 갖게 되었다.

'이걸 창수 녀석에게 마시게 해도 좋겠군.'

퇴근하고 박창수가 석기 원룸을 방문하기로 했다.

박창수 얼굴 피부는 석기가 보기에도 심각했다.

워낙 박창수가 외모를 신경 쓰지 않는 스타일이라 다행이긴 했지만 그래도 얼굴이 말짱해지면 친구도 기분이 좋을 것이다.

'창수가 마실 물은 30분 정도가 적당하겠다.'

갑자기 창수 피부가 확 달라지면 그것도 이상하게 여길 터.

30분 정도 구슬을 집어넣더라도 효과는 있을 것이다.

한남동 대저택.

한강이 내려다보이는 경관 좋은 위치.

그곳에 명성기업 회장 딸 오세라가 살고 있다.

회사 일은 배우기 싫고 돈 쓰는 것만 좋아하는 그녀.

석기가 회사를 그만두자 대타로 제물이 정해졌다.

대타 또한 사직서를 냈지만, 그놈은 회사를 한 달 더 다녀야 했다.

"돈도 없는 거지새끼들! 지들이 회사를 때려치워 봤자 치킨 튀기는 것밖에 더 하겠어!"

그녀는 재무팀 부장이 보내 준 박창수 이력서에 첨부된 사진을 보자 욕이 나왔다.

촌스럽게 생긴 것까지는 그럭저럭 참아 줄 수 있었지만 여드름 자국이 빽빽한 분화구 같은 얼굴 피부는 절대 용서가 안 되었다.

'오크 돼지 같은 놈! 진짜 현타 온다! 돈도 좋지만 이런 놈하고 결혼해야 한다니. 그나마 아빠가 양다리를 허용하니 다

행이지만.'

솔직히 지금 오세라는 박창수는 안중에도 없었다.

석기의 대타로 준비한 제물이란 점에 회장에겐 나중에 한 번 시간을 내서 만나 보겠다는 말은 했지만, 그녀의 머릿속엔 오로지 로비에서 석기가 보인 행동으로 인해 분이 풀리지 않은 상태였다.

'어떻게 감히 평사원 따위가 나를 홀대할 수 있단 말인가?'

게다가 수위 아저씨의 실수로 그녀가 회장 딸임이 드러난 상황임에도 석기는 오세라를 전혀 거들떠보지도 않았다는 것이다.

미모와 재력을 겸비한 그녀를 눈앞에 두고도 흔들리지 않는 석기의 행동이 백번 생각해도 괘씸하기 짝이 없었다.

'박창수가 그놈 친구라고 했지?'

이제까지 그녀가 차면 찼지, 남자가 외면하는 일은 처음 경험했기에 오세라는 박창수를 이용하여 석기를 다시 한번 흔들어 보고 싶다는 욕망에 사로잡혔다.

'그러기 위해선 일단 박창수 그놈을 내 어장에 가둬 놓는 것이 좋겠다. 두 놈 중에서 한 놈만 제물이 되어 줘도 되지만, 이왕이면 둘 다 제물로 사용하면 더 재미있겠어. 둘이 친구라니 사이좋게 회사 공금을 갖고 나른 것으로 꾸미면 시나리오가 더욱 완벽할 거야.'

오세라는 화장대에 앉아 정성스럽게 치장했다.

박창수 얼굴을 떠올리면 절대 만나고 싶지 않았지만, 부친이 회사 공금을 빼돌려 비자금을 조성하는 데 제물은 꼭 필요한 일이었기에.

　그녀의 외출 준비가 끝난 순간.

　웅웅!

　마침 핸드폰이 울렸다.

　오세라 부친의 전화였다.

　-세라야, 오늘 박 주임을 만나 보는 것이 좋겠구나.

　"안 그래도 그럴 생각이에요."

　-잘 생각했다. 그쪽 부서에는 네가 회사에 도착할 시간에 맞춰 박 주임을 퇴근시키라고 해 놓으마.

　"알았어요."

　-신석기는 이미 회사를 그만뒀으니 제물로 이용할 수 없지만, 박 주임은 꼭 잡아야 할 거다. 그놈이 한 달은 회사에 더 나오기로 했으니 그 안에 그놈이 네게 푹 빠지게 만들어 버리도록 해라.

　사실 오세라는 부친에게 말하지 않은 것이 있었다.

　회사 로비에서 만난 석기가 그녀를 거들떠보지도 않았다는 것에 대해서 비밀로 했다.

　가슴이 잔뜩 파인 의상을 차려입고 생쇼를 했는데도 석기의 마음을 사로잡지 못한 것이 그녀로선 여간 자존심이 상하는 일이 아니었기에.

하지만 박창수는 석기와 다를 터.

박창수를 우습게 여긴 오세라는 그를 너무 쉽게 생각했다.

"알겠어요, 아빠! 대신 박 주임을 제물로 삼게 되면 나중에 1천억을 꼭 제게 주셔야 해요."

−오냐, 아빠가 되어서 딸에게 거짓 약속을 하겠느냐. 3천억 중에서 1천억은 네게 넘길 테니 걱정 마라.

회장과 통화를 끝낸 오세라.

그녀는 거울에 비친 자신의 모습을 만족스럽게 바라봤다.

'남자들이 좋아할 모습으로 치장했으니 그놈도 침을 질질 흘리며 넘어오겠지.'

박창수가 오세라를 보게 되면 그녀의 미모에 홀려 여타 남자들처럼 기꺼운 마음으로 그녀의 노예를 자처할 것이라 여겼다.

오세라가 회사에 도착했다.

붉은색을 선호하는 그녀였다.

짧고 몸에 과하게 달라붙는 새빨간 원피스를 걸치고, 소지한 하이힐 중에서도 가장 굽이 높은 새빨간 구두를 착용했다.

또각또각!

촌스러운 박창수를 그녀가 노는 클럽에 데려가서 혼을 쏙 빼놓을 생각에 일부러 야시시한 차림새로 회사를 찾아오게 되었다.

마침 타이밍이 좋았다.

복도 저만치에 박창수로 보이는 인물이 걸어오고 있었다.

척 보기에도 석기의 외모와는 비교가 되지 않는 박창수의 촌스러운 얼굴에 그만 발길을 돌리고 싶었지만. 나중에 떨어 질 1천억을 생각하여 그녀는 인내심을 발휘했다.

'이번에도 전과 마찬가지로 넘어지는 작전이 좋겠지.'

석기 때는 실패했지만 박창수는 절대 넘어진 그녀를 외면 하지 않을 것이라 생각했다.

복도를 살펴봤지만 박창수를 제외하고 다른 직원은 보이 지 않는다는 점도 마음에 들었다.

오세라는 박창수와의 거리가 가까워지자 쇼 타임에 들어 갔다.

"어머머머—!"

하지만 오세라가 미처 계산하지 못한 변수가 발생했다.

석기를 위한 쇼 타임에선 그나마 가슴은 파였지만 치마폭 이 넓어서 바닥에 주저앉을 때 그녀가 원하는 자세를 쉽게 취할 수 있었다.

하지만 이번에는 그렇지 못했다.

그녀 딴엔 사뿐히 바닥에 주저앉을 작정이었지만, 짧고 피트 된 원피스는 그녀의 동작에 족쇄가 되었고, 굽 높은 하이 힐은 중심을 잡는 데 어려움이 있었다.

"으허허헉!"

결국 기우뚱거리던 그녀의 몸이 뒤로 벌러덩 나자빠졌다.

쿠당탕!

전혀 아름답지 못한 자세.

쩍벌 자세로 볼썽사나운 자태를 연출하고 말았다.

그로 인하여 박창수의 눈에 본의 아니게도 그녀의 야한 속 옷이 노출되게 되었다.

"대, 대박!"

박창수가 손으로 입을 막았다.

여자 사람에 대한 면역이 하나도 없는 박창수였는데, 면전에서 이상한 자세로 나자빠진 오세라를 대하게 되었으니 급기야 동공에서 지진마저 일어나게 되었다.

"아, 씨바!"

그건 오세라도 마찬가지였다.

한 폭의 그림처럼 우아하고 섹시하게 넘어진 자세를 취하여 박창수를 반하게 만들 작정이었다.

하지만 현실은 너무 추악했다.

그로 인하여 당황한 그녀 입에서 거센 상소리가 튀어나와 그녀의 본성을 여지없이 드러냈다.

후다다닥!

결국 박창수가 놀란 오소리처럼 넘어진 오세라를 외면한 채 빠져나왔던 사무실로 빛의 속도로 도망쳐 버렸다.

문제가 너무 심각했다.

도저히 박창수가 해결할 상황이 아니라 판단했기에.

"뭐, 뭐야?"

"룸살롱 아가씨가 찾아왔다고?"

"대체 누가 술값 외상 진 거야!"

박창수의 구원 요청에 퇴근하지 않고 사무실에 남아 있던 직원들이 우르르 복도로 쏟아져 나왔다.

그런데 여기서 문제는 그때까지도 벌러덩 나자빠진 자세에서 일어나지 못하고 있는 오세라의 상황이란 점이었다.

일단 박창수가 그녀를 놔두고 사무실로 도망간 것에 충격을 받았다.

다음으로 그녀 혼자서 어떻게든 민망한 자세를 교정해 보려 했지만 넘어질 때 허리를 삐끗한 것인지 몸을 제대로 가눌 수가 없었다.

'가만? 저 여자 회장 딸 아냐?'

'지금 시간에 여긴 왜 온 거지?'

'쯧! 심하게 나자빠진 모양인데.'

'헐! 저런 높은 구두를 신었으니.'

'근데 자세가…… 흠흠!'

박창수보다 명성기업에 다닌 연차가 된 직원들은 오세라

가 회장 딸임을 알아본 눈치였다.

하지만 오세라를 도와주기엔 그녀의 민망한 자세가 문제였다.

괜히 여자와 살짝 스치기만 해도 성추행으로 오해받는 요즘 세상이 아닌가.

그랬기에 오세라를 부축한다고 도왔다간 왠지 좋은 소리를 듣지 못할 것이라 여겨 누구도 섣불리 나서지 못하고 있었다.

'윽! 저 여자 때문에 퇴근도 못 하게 생겼네. 안 되겠다. 비상계단으로 빠져나가자.'

그때 직원들 뒤에 서 있던 박창수.

안 그래도 바닥에 나자빠진 오세라의 속옷을 본 것에 무안한 감정도 있고, 무엇보다 퇴근 시간이었기에 슬금슬금 뒷걸음질로 비상계단이 있는 곳으로 움직였다.

그가 아니더라도 복도에 직원들이 여럿이 있었기에 여자를 알아서 처리할 것이라 여겼다.

'저, 저놈이?'

그러자 슬금슬금 도망치는 박창수를 발견한 오세라의 눈에서 레이저가 쏘아지고 말았다.

박창수를 우습게 여겼다.

그녀의 미모에 반하게 만들어 그를 노예로 만들고자 찾아왔지만 된통 수모만 당한 꼴이었다.

"으아아악! 죽여 버릴 거야!"

결국 오세라의 분노한 절규가 회사의 복도로 귀곡성처럼 섬뜩하게 울려 퍼졌다.

✣

"으하하하하!"

이건 석기가 웃는 소리다.

석기 원룸을 찾아온 박창수.

그가 회사에서 벌어졌던 얘기를 석기에게 해 준 것이다.

박창수는 몰랐지만 석기는 복도에서 나자빠진 여자가 누구인지 눈치챘다.

오세라가 석기에게 써먹으려던 수법을 박창수에게 똑같이 써먹다가 자기 꾀에 넘어간 꼬락서니였다.

"그 여자가 회장 딸이라고?"

"왜?"

"나는 무슨 룸살롱 아가씨인 줄 알았지. 차림새가 딱 룸살롱 아가씨 삘이 나던데, 뭐."

"그럼 그대로 도망 온 거야?"

"당연하지. 그 여자 회장 딸이라며. 그런 여자랑 잘못 얽혔다가 신세 조질 일 있어?"

"맞아! 아주 잘했어!"

환하게 웃는 석기를 쳐다보던 박창수가 들고 있던 머그잔을 내려놓으며 고갤 갸웃거렸다.

"이거 무슨 커피가 이렇게 맛있냐? 지금까지 마셔 본 믹스 커피 중에서 최고로 좋은데?"

"물이 좋아서야."

"물?"

"전에 나보고 좋은 거 혼자 먹지 말고 나눠 먹자며."

"그럼 이거 먹으면 너처럼 얼굴이 막 잘생겨지는 건가?"

"어쩌면 그럴 수도 있고. 아닐 수도 있고. 하여간 몸에 나쁜 것은 아니니 걱정 마."

"하여간 나쁜 거 아니라면 됐어. 얼굴 못생겼다고 죽는 것도 아닌데 뭐."

"너 그러다 내가 준 커피 마시고 얼굴 잘생겨지면 어쩔래?"

"좋아! 그럼 내가 치맥 쏜다!"

"콜!"

석기가 환하게 웃으며 박창수 얼굴을 슬쩍 살펴봤다.

고등학교 시절 여드름 빡빡이었던 박창수였기에 성인이 되어서도 그 흔적이 피부에 그대로 남아 있다.

피부만 좋아진다면 그렇게 못생긴 얼굴은 아닐 터.

박창수가 마신 커피.

그건 석기가 야산의 옹달샘에서 가져온 구슬을 이용하여

준비한 믹스 커피다.

30분 성수.

앞으로 구슬이 들어간 물은 성수로 칭하기로 했다.

30분 성수를 마신 박창수는 당장 효과를 보지 못했다.

하지만 자고 일어나면 피부가 분명 예전보다는 좋아질 것이다.

박창수에게는 성수에 대해선 비밀로 해야겠지만, 효과를 보게 된다면 석기가 하려는 사업에 보다 적극적으로 조력할 것이라 여겼다.

                    ✖

한편, 오세라 집.

"아빠! 으흐흑! 나 더는 존심 상해서 못해 먹겠어! 제물도 좋지만 더는 그런 수준 떨어지는 인간들과 엮이고 싶지 않아!"

결국 오세라는 소문을 듣고 달려온 재무팀 부장의 도움으로 병원을 들렀다가 겨우 집에 돌아오게 되었다.

입원할 정도까지는 아니고, 나자빠질 때 허리 인대가 늘어나는 바람에 당분간 움직임을 자제하라는 처방이 내려졌다.

오장환 회장은 딸이 회사에서 다쳤다는 말에 룸살롱에 술을 마시러 갔다가 다급히 집으로 돌아왔다.

회장을 보자 오세라는 하소연하듯이 울음을 터트리고 말았다.

이제까지는 항상 오세라를 공주처럼 대우해 주었던 사내들만 만났기에, 석기와 박창수가 보인 행동에 그만 마음의 상처를 받은 것이다.

하지만 회장 오장환은 오세라를 달랠 상황이 아니었다.

회사에서 걸려 온 전화.

그것을 받은 오장환 안색이 시뻘겋게 변했다.

"대체 그게 무슨 소리야! 내일 세무감사가 나온다는 걸 이제 보고하면 어쩌자는 거야!"

경영지원팀 차 부장의 난데없는 보고에 회장은 당황도 되고 화도 났다.

세무감사.

예비비로 금고에 들어 있던 회사 공금 3천억을 비자금으로 빼돌리고자 했던 회장으로선 아주 달갑지 않은 소식이었기에 말이다.

-회장님! 저도 이런 일이 생겨서 유감스럽게 생각합니다! 솔직히 말씀드리자면 실은 이번 감사가 투서로 비롯된 것에 기습적으로 감사가 실행될 상황입니다. 하지만 제가 그쪽에 심어 놓은 사람이 있었기에 그나마 하루 전에 미리 연락받게 된 것입니다.

오장환 회장은 차 부장의 공치사에도 세무감사를 받게 된 것에 화가 진정되지 않았다.

"대체 어느 놈이 투서한 거야?"

―그건 저도 모르는 일입니다만, 투서한 정보가 A급으로 분류되었다는 것을 보면, 회사의 속사정을 훤히 알고 있는 간부급 직원이 벌인 짓이 아닐까 싶습니다.

차 부장의 말을 들은 오장환 회장도 동감하는 바였다.

"A급 정보를 알고 있으려면 적어도 과장급 이상은 되어야겠군."

―그건 그렇습니다. 투서 건은 대리 이하의 평사원들은 해당 사항이 없다고 보시면 될 겁니다.

"평사원들이 그런 고급 정보를 알 리 없지. 그럼 대체 누가……."

오장환 회장이 불편한 침음을 삼켰다.

틈만 나면 서로 물어뜯고자 안달인 회사 간부들의 분위기였다. 상대를 밟고 올라가기 위해 누군가 투서를 했을 확률도 높았다.

―제 추측으론 간부 중의 누군가 상대를 찍어 누르려고 투서를 한 것이 아닐까 싶습니다. 그리고 세무감사가 나온다니 하는 말인데요. 저도 회장님께 이런 말씀드리는 거 불편하지만…… 예비비로 정해진 회사 공금을 회장님께서 비자금으로 은닉하려 한다는 소문이 들리고 있습니다.

차 부장의 말에 제 발 저린 오장환 회장이 벌컥 화를 냈다.

"어떤 놈이 그딴 소리를 해! 어떤 놈인지 내 그놈의 아가리를 확 찢어 버리고 말겠어!"

ー흠흠, 저도 회장님께서 그런 일을 하실 리는 없을 것이라고 믿고 있습니다. 아무튼 지금은 당장 발등에 떨어진 불이 문제입니다. 내일 세무감사에서 문제가 발생하지 않으려면 일단 재무팀 곽 부장이 관리하고 있는 자금을 회사 금고에 당장 원위치시키는 일부터 해야 할 겁니다.

경영지원팀 차 부장과 재무팀 곽 부장은 견원지간과도 같았다.

차 부장은 회장이 그동안 비자금을 조성할 목적으로 곽 부장만 싸고도는 것에 배알이 꼴렸다.

그랬기에 내일 세무감사가 나온다는 것에 속으로 잘되었다고 생각하여 이렇게 회장의 정곡을 찔러 댄 것이다.

"그 문제는 내가 곽 부장에게 따로 지시를 내릴 테니 차 부장은 신경 끄도록 해."

ー알겠습니다, 회장님! 그리고 내일 세무감사에서 문제가 되는 것이 또 있습니다.

"뭐가 또 문젠데?"

ー건설과 콘도입니다.

"건설과 콘도?"

오장환 회장의 눈빛이 불안하게 흔들렸다.

ー그동안 사업을 따내고자 무리하게 로비하지 않았습니까.

그 바람에 지출된 자금을 메꾸려다 보니 아마 장부에 구멍이 많을 겁니다. 만일 내일 감사에서 분식 회계가 들통나면 건축과 콘도 사업을 접어야 할지도 모릅니다.

오장환은 콩고물을 빼먹기에 좋은 건축과 콘도를 접어야 할지도 모른다는 소리에 뚜껑이 열렸다.

"빌어먹을! 이익! 내 투서 한 놈을 찾아내면 절대 가만두지 않을 테다!"

-고정하십시오, 회장님! 하여간 막을 수 있는 것은 최대한 더 큰일이 벌어지지 않게 막아야만 할 겁니다. 버릴 카드는 이번 기회에 확실하게 정리하는 것도 좋고요.

오장환 회장은 그동안 아무런 문제 없이 운영하던 회사가 기반이 흔들리게 된 것에 골머리가 아팠다.

만일 건축과 콘도 사업을 접게 된다면 이사진들이 들고일어나 오장환을 회장 자리에서 끌어내려 할지도 모른다.

실은 오장환이 회사 공금 3천억을 비자금으로 몰래 빼돌리려던 것도 바로 이사진들 때문이었다.

오장환이 보유한 주식보다 이사진들이 합산한 주식이 더 많다는 것에 이사들이 똘똘 뭉쳐 오장환을 회장 자리에서 사퇴하게 만들 수도 있다는 것이다.

그래서 이번 기회에 한탕 크게 해먹고 제물에게 덮어씌워 오리발을 내밀고자 했지만, 내일 세무감사가 나온다니 3천억을 빼돌릴 일은 물거품이 된 셈이었다.

해서 분풀이가 필요했다.

오장환은 이번 세무감사를 빌미로 마음에 들지 않는 직원들은 죄다 쳐낼 작정이었다.

그런 점에서 바른말을 곧잘 해서 오장환의 비위를 건드리는 차 부장도 처리할 대상 중 하나였지만, 일단 이번 일이 끝나기까지는 최대한 부려 먹을 생각이었다.

"지금 당장 연락 돌려! 각 부서마다 대리급 이상은 죄다 회사로 나오도록 해! 밤을 새워서라도 감사에 걸리지 않게 일을 처리해! 만일 문제가 발생할 시 연관된 부서는 무조건 해고해 버릴 테니까!"

-알겠습니다, 회장님! 회장님 지시대로 즉각 부서장들에게 연락을 돌리도록 하겠습니다!

오장환 회장은 차 부장과 통화가 끝나자 이번엔 재무팀 곽 부장에게 연락을 취했다.

속에서 끓어오르는 분노를 참는 것이 여간 힘든 일이 아니었기에 절로 이를 빠득 갈아 댔다.

"곽 부장! 방금 차 부장에게 연락이 왔는데 내일 세무감사가 나온다고 하던데. 자네는 알고 있었나?"

-세, 세무감사라고요?

"지금까지 그것도 모르고 대체 뭐 하고 있었던 거야!"

-죄송합니다, 회장님! 아가씨를 병원에 모시고 다녀오느라 그 점을 미처 신경 쓰지 못했습니다.

야비한 곽 부장은 회사 복도에서 나자빠졌던 오세라를 방패막이로 삼았다.

안 그래도 옆에서 질질 짜고 있는 오세라로 인해 심기가 불편했던 회장이었기에 혀를 차는 것으로 더는 곽 부장을 힐난하지 못했다.

"쯧! 지금 어디야?"

―지금 귀가 중입니다만 다시 회사로 가 보겠습니다.

"지금부터 내 말 잘 들어. 자네가 관리하고 있던 3천억. 회사로 돌아가면 그걸 당장 회사 금고에 집어넣도록 해!"

―그건 회장님 비자금을 조성하려고 빼놓은 자금인데…….
금고에 다시 넣어도 괜찮겠습니까?

금고에 돈이 한번 들어가면 다시 빼내기 전까지 복잡한 절차를 거쳐야만 했다.

그걸 회장도 알고 있지만 세무감사가 나온다는 것에 지금은 잡음이 나오지 않도록 하는 것이 중요했다.

"차 부장 그 너구리 같은 놈이 뭔가 낌새를 눈치챈 모양이야. 세무감사가 끝날 때까지는 조심하는 것이 좋겠어."

―알겠습니다, 회장님! 그럼 제물로 정한 박 주임은 어떻게 할까요?

"지금 그딴 놈을 신경 쓸 상황이야? 세무감사팀에 어떤 놈이 투서한 상황이라고! 정신 똑바로 못 차려 곽 부장?"

―죄, 죄송합니다, 회장님! 지금 당장 회사로 들어가서 일 처

리를 끝내고 보고드리도록 하겠습니다.

"하여간 급한 불부터 처리해! 비자금 문제는 나중에 조용해지면 그때 다시 날을 잡던가 하자고."

재무팀 곽 부장은 집 근처에 막 도착한 상황이었지만 다시 차를 돌려 회사로 향했다.

'젠장! 이렇게 되면 승진은 물 건너간 거 아냐?'

곽 부장은 기분이 엿 같았다.

오장환 회장의 비자금을 담당하게 된 것에 드디어 진정한 회장의 라인이 되었다고 기뻐했는데, 그동안 노력한 것이 모두 헛수고가 되어 버렸다.

빼돌린 비자금을 덮어씌울 제물로 삼을 박창수도 이렇게 되면 더는 회사에 붙들어 놓을 필요가 없었다.

'그나저나 대체 어떤 놈이 투서한 걸까?'

❉

회사에 도착한 곽 부장.

하지만 오장환 회장의 지시로 일을 처리하려던 곽 부장 동공에 지진이 일어났다.

"이, 이게 왜……."

곽 부장이 관리 중인 자금.

회장의 비자금으로 조성하고자 예비비에서 빼놓은 3천억

에서 딱 100억이 빠진 상태였다.

　더욱 충격적인 일은 100억을 이체한 당사자가 바로 곽 부장으로 밝혀진 것이다.

　곽 부장의 아이디와 비번.

　그걸 이용하여 자금 관리 사이트에 접속했으니, 이건 빼박 곽 부장이 저지른 일이나 다름없었다.

　'내가 돈을 빼돌린 거로 되었어.'

　곽 부장은 자신이 관리하던 자금 중에서 100억이 사라진 것에 머릿속이 허옇게 변했다.

　몇 번을 확인해도 같았다.

　감쪽같이 100억이 사라진 것이다.

　더욱 기가 막힌 것은 그렇게 사라진 100억은 어디로 어떻게 흘러갔는지 알 수가 없다는 것이다.

　'이렇게 되면…… 이제 나는 어떻게 되는 거지?'

　하필 내일 세무감사가 나오는 시기에 곽 부장이 관리하던 돈이 사라진 것이 문제였다.

　영락없이 곽 부장이 덤터기를 쓰게 생긴 것이다.

　진짜 돈이라도 빼돌렸다면 억울하지 않을 텐데 곽 부장도 모르는 사이에 100억이 어디론가 빠져나간 것이다.

　'완전 × 됐다!'

　회장에게 이 문제를 아무리 억울하다고 하소연해 봤자 들어 줄 리도 없을뿐더러, 회장은 사라진 100억을 곽 부장에게 책임을 전가시킬 것이 뻔했다.

곽 부장은 이제 회사 공금에 손을 댄 대가로 회사에서 잘려 감방에 가게 될 것이다.

100억!

곽 부장이 평생을 개처럼 고생해도 손에 넣기 어려운 액수였다.

회장의 말만 잘 따르면 앞날이 보장될 것이라 여겨 충성을 다했는데 최악의 결과를 맞게 되었다.

'그냥 해외로 도주해 버릴까?'

최악의 경우 억울하게 누명을 쓰고 감방에 갈지 모른다고 생각해 봤다.

하지만 회장은 더는 곽 부장을 믿지 못할 수도 있었다.

혹시 그가 억하심정에 비자금을 빼돌리려던 일을 누군가에게 실토할까 싶어, 회장이 그의 입을 막고자 목숨을 해칠 수도 있었다.

제물로 준비한 평사원.

석기와 박창수.

둘도 사실 회장이 빼돌린 비자금을 대신 덮어씌워 국내에서 죽여 버린 후에 해외에서 실종으로 처리할 계획이지 않았는가.

그런 악독한 회장이 절대 곽 부장을 살려 둘 리가 없었다.

'회장에게는 일을 잘 마무리했다고 거짓말로 둘러댄 다음

날이 밝는 대로 해외로 도피하자.'

어차피 국내에 있어 봤자 곽 부장은 죽은 목숨이었다.

그나마 해외로 도주한다면 살아날 확률이 높았다.

'이왕 이렇게 된 거, 진짜로 100억을 빼돌려 버리자!'

곽 부장은 이를 악물었다.

해외로 도주하더라도 빈손으로는 갈 수 없었다.

숨어 지내려면 돈이 필요했다.

지금 곽 부장이 마음만 먹는다면 얼마든지 돈을 빼돌릴 수 있었다.

'어차피 억울하게 누명을 쓸 바엔 돈이라도 손에 넣자.'

곽 부장은 100억을 해외에 만들어 놓은 계좌로 이체했다.

국내의 계좌로 집어넣으면 금방 들통이 날 테고, 계좌 정지가 되면 돈을 꺼내 쓸 수도 없었다.

"회, 회장님! 저 곽 부장입니다."

-오 그래? 일은 잘 처리했고?

"네! 문제없이 처리했으니 안심하셔도 됩니다."

-수고했어. 당분간 입조심하는 거 잊지 말고.

"그러겠습니다."

회장과 통화를 끝낸 곽 부장.

회사 지하 주차장에 자가용이 있었지만 그걸 이용하지 않고 택시를 잡아타고 인천 부둣가로 향했다.

배를 타고 동남아로 숨을 생각이다.

부둣가에 도착한 곽 부장.

한국에서 곽 부장이 사라진 것을 알게 되면 누구보다 가족들이 가장 걱정할 터였다.

"여보, 나야. 애들 잘 있지?"

―오늘도 또 야근이야?

"그건 아니고…… 당분간 회사 일로 며칠 동안 출장을 다녀와야 할 것 같아서. 혹시 몰라서 당신 카드에 돈 좀 넣어 놓았으니 날이 밝으면 죄다 현금으로 찾아 놓도록 해."

―**그게 무슨 소리야? 요즘 누가 현금 들고 다닌다고 귀찮게 뽑으래? 혹시…… 당신 무슨 사고 쳤어?**

"그런 거 아냐. 나중에 내가 다시 전화할게. 그리고 회사에서 연락 오거든 절대 받지 마. 알았지?"

―여, 여보세……!

곽 부장은 아내와 통화했던 핸드폰을 바닷물 속에 던져 버렸다.

위치를 추적당해도 곤란했다.

"으흑! 씨바!"

곽 부장은 눈물이 쏟아졌다.

궁지에 처하니까 제물로 삼으려 했던 석기와 박창수의 얼굴이 어른거렸다.

곽 부장은 그들을 회장에게 제물로 천거하면서 죄책감 따위 전혀 갖지 않았다.

벌을 받은 모양이었다.

❈

새벽 5시.

평소 같으면 어림도 없는 일.

회장이 되어서 새벽에 출근한다는 것은 절대 있을 수 없었다.

하지만 세무감사가 나온다는 것.

누군가 A급 정보를 투서한 결과 회사가 발칵 뒤집히게 생겼다.

그래서 오장환 회사는 곽 부장과 통화를 나누고 나서 몇 시간 눈을 붙이지 않아서 이렇게 회사로 출근하게 되었다.

"회장님 오셨습니까!"

회장이 꼭두새벽부터 출근하니 사장을 비롯하여 상무와 전무도 덩달아 출근하게 되었고, 각 부서의 부서장들과 대리급 이상의 직원들은 어젯밤에 회사에 나와서 꼬박 밤을 지새운 상황이었다.

'이 중에 어느 놈이 투서했을까?'

회장의 출두에 출근 도장을 찍듯이 로비로 몰려나온 간부급 직원들의 얼굴을 의심의 눈초리로 살펴보던 오장환은 솔직히 모두가 의심스러웠다.

겉으로는 회장에게 충성을 다하는 것처럼 굴지만, 돌아서선 자기 잇속을 챙기기에 급급한 간부들의 속성이었기에 말이다.

그나마 어젯밤에 세무감사가 나올 것을 일찌감치 알려 준 경영지원팀 차 부장은 의심하지 않아도 되었기에 그만 따로 불러냈다.

"차 부장만 따라오고 다들 각자 위치로!"

직원들의 인사를 건성으로 받아넘긴 회장은 집부터 따라 붙은 비서실장과 차 부장을 동행한 채 회장 전용 승강기에 올라탔다.

회장의 무시에 꼭두새벽부터 출근을 한 사장, 상무, 전무의 표정이 좋지 못했지만 지금 오장환은 그들을 신경 쓸 겨를이 없었다.

털썩!

회장실로 들어선 오장환은 겉옷을 벗지도 않고 소파에 앉더니 비서실장과 나란히 앞쪽에 시립한 차 부장의 얼굴로 고갤 돌렸다.

"투서를 누가 했는지 알아냈어?"

"저도 그것이 궁금해서 그쪽에 연락해 봤지만 유감스럽게도 비공개로 투서를 한 탓에 신분을 확인할 길이 없다고 합니다."

오장환의 인상이 험악하게 일그러졌다.

이건 철저하게 계획된 일임이 분명했다.

아까 로비에서 보았던 간부급들의 얼굴.

그중의 누군가 투서했을 것이라 생각하자 이가 갈렸다.

"이익! 내 회사를 이 모양으로 만들어 놓고, 그놈 혼자 잘 먹고 잘살겠다 이거지! 내 누군지 찾아내기만 하면 절대 가만두지 않을 테다!"

오장환의 살기 어린 모습에 차 부장이 긴장한 눈빛으로 힐끗 비서실장을 쳐다봤다.

어차피 회장을 보필하는 비서실장이니 회사 돌아가는 사정을 모두 알고 있을 것이라 여겨 차 부장이 회장을 향해 보고를 이어 갔다.

"회장님! 직원들이 밤새 장부 정리를 시도했지만 건축과 콘도 쪽은 아무래도 문제가 크게 터질 듯싶습니다."

"분식 회계가 들통날 거 같은가?"

"감사팀에서 장부를 살펴보면 금방 들통날 겁니다."

분식 회계.

기업이 재정 상태나 경영 실적이 실제보다 좋게 하려는 목적으로 자산이나 이익을 부풀려 계산하는 회계 방식을 말한다.

오장환도 건설과 콘도 쪽에서 그 방법을 사용해서 장부를 조작했다는 것을 알고 있었기에 차 부장의 대답에 표정이 좋지 못했다.

그동안 콩고물을 빼먹기에 더없이 훌륭한 건축과 콘도 사업이었지만 그것이 결국 발등을 찍는 화근 덩어리가 되고 말았다.

　"나머지 계열사들은 어때?"

　"명성화장품과 명성샘물은 그동안 수익도 괜찮았고 운영상 문제가 없는 곳이라 감사를 받아도 타격을 받을 일은 전혀 없을 겁니다."

　"다행이군. 엔터 쪽은?"

　"그쪽은 좀 잡음이 생길 우려가 있습니다."

　"무슨 잡음?"

　"작년에 건축 공사를 따내고자 신인 연예인들을 술 접대에 투입시킨 것이 알려질 경우 자칫 문제가 복잡해질 수 있습니다."

　"다들 입막음시키지 않았어?"

　"입막음은 시켰지만……. 이번에 회사가 감사받게 된 것에 기레기들이 관심을 보일 소지가 다분합니다. 소속 연예인들에 대한 안 좋은 기사가 올라오면 엔터 운영에 지장을 초래할 겁니다."

　차 부장의 말에 회장의 눈빛이 야비하게 번쩍였다.

　"기레기들은 돈으로 해결하면 될 테고. 술자리에 투입한 애들은 불러다가 정신 교육을 단단히 시키도록 해. 까불면 평생 무대에 서지 못하게 만들면 될 테니까."

"아, 알겠습니다."

"차 부장은 그만 나가 봐."

"네, 회장님."

"비서실장은 가서 곽 부장 좀 데려와. 아까 보니까 로비에 안 보이던데, 아마 당직실에 처박혀 자고 있을 거야."

"알겠습니다."

그런데 회장의 지시에 문 쪽으로 움직이던 차 부장이 우뚝 멈춰 섰다.

"당직실에 가 봐도 곽 부장 없습니다."

"응? 그게 무슨 말이야?"

"저도 곽 부장에게 물어볼 것이 있어서 계속 찾았는데, 어디에 처박혔는지 도통 코빼기도 보이지 않더라고요."

차 부장의 말에 회장의 눈빛이 살짝 흔들렸다.

"곽 부장 핸드폰은? 연락해 봤어?"

"핸드폰도 먹통이더라고요."

"핸드폰이 먹통이라고?"

"뭔가 좀 이상하지 않습니까? 곽 부장도 지금 회사 돌아가는 사정을 뻔히 알고 있을 텐데. 이렇게 말도 없이 연락 두절이라니 말이죠."

회장이 더욱 불안한 눈빛으로 비서실장에게 지시를 내렸다.

"당장 곽 부장 집에 연락해 봐. 피곤해서 핸드폰 꺼 놓고

뻗어 버린 걸 수도 있어."

그때 차 부장이 다시 나섰다.

"집에도 연락해 봤습니다."

"뭐래?"

"아무도 전화를 받지 않더라고요."

"전화를 안 받아?"

"정말 수상하지 않습니까?"

회장은 기분이 섬뜩했다.

어젯밤에 곽 부장과 통화를 나눴다.

회장이 지시한 일을 제대로 처리했다고 했다.

만일 그것이 거짓이었다면.

'설마?'

회장이 거머쥔 주먹을 부르르 떨어 댔다.

"당장 재무팀 과장 불러와!"

"알겠습니다."

"아, 아냐, 내가 직접 가 보겠어. 둘 다 따라와!"

오장환 회장은 비서실장과 차 부장을 동행한 채 재무팀으로 향했다.

자꾸만 불길한 예감이 들었다.

그동안 누구보다 회장에게 충성스러운 곽 부장이었다.

하지만 열 길 물속은 알 수 있어도, 한 길 사람 속은 모르는 법이라는 말도 있었다.

'배신했다면 죽여 버리겠어!'

재무팀에 도착한 회장.

서슬이 퍼런 회장의 분위기다.

재무팀 직원들은 무슨 일인가 싶었기에 바짝 긴장했다.

하필 재무팀장 곽 부장이 어디로 갔는지 연락 두절 상태였다.

"차 부장이 직접 확인해 봐!"

"네! 회장님!"

차 부장이 곽 부장 자리에 앉았다.

곽 부장 아이디와 비밀번호로 자금 관리 사이트에 접속했다.

전자 금고에 입금된 회사 공금.

2천 8백억.

3천억에서 딱 2백억이 비는 액수였다.

"저, 저게…… 뭐, 뭐야?"

2백억이 사라진 것에 회장의 동공에서 지진이 일어났다.

반면 곽 부장과 견원지간 관계인 차 부장.

기어코 곽 부장이 사고를 쳤다는 것에 속으로 쾌재를 불렀다.

"회장님! 곽 부장이 2백억을 들고 나른 모양입니다!"

"어떻게…… 이런 일이?"

"회사가 어수선한 것에 곽 부장으로선 돈을 빼돌릴 기회라고 생각했을 겁니다."

"이이익! 내 이놈을 죽여…… 헉!"

"회, 회장님이 쓰러지셨다!"

회장이 목뒤를 잡고 쓰러졌다.

곽 부장이 회사 공금 2백억을 들고 튄 것이다.

본래 100억만 들고 튄 셈이지만, 그걸 이곳에 있는 누구도 알지 못했기에 진실은 묻혀 버렸다.

❊

박창수가 회사에 나왔다.

평사원이었기에 어젯밤에 호출당하지 않았다.

사무실로 막 들어섰는데 좀비 같은 몰골인 부서장이 말했다.

"앞으로 더는 회사에 나올 필요 없어."

"그게 무슨 말이죠?"

"사직서 오늘부로 처리될 테니 이제 회사에 나오지 않아도 된다고. 그러니 짐 챙겨서 얼른 떠나. 괜히 남아 있어 봤자 방해만 될 테니까."

"아, 알겠습니다."

짐이 없었기에 빈 몸으로 나왔다.

복도에서 같은 부서 하 대리를 만났다.

입에 좀 싼 인간이었다.

"박 주임! 벌써 가는 거야?"

"네, 회사 분위기 왜 이래요?"

"누가 투서해서 세무감사 떨어졌잖아."

"누가 투서했는데요?"

"과장 말로는 간부 중의 누군가가 회장 엿 먹어 보라고 투서했다지. 하여간 어젯밤에 대리급 이상은 죄다 불려 와서 한잠도 못하고 일만 했다니까."

"저는 그런 일이 있는 줄 까맣게 몰랐네요."

"근데 더 재밌는 건 뭔지 알아?"

"더 재미있는 거요?"

"곽 부장 알지?"

"재무팀 부장요?"

"그래, 그 곽 부장이 회사 공금 2백억을 들고 해외로 날랐대."

"진짜요?"

"그래, 그거 땜시 아까 회장님 쓰러져서 병원에 실려 갔잖아. 근데 가만? 박 주임 얼굴이…… 거 이상하네? 혹시 화장품 바꿨어?"

"저 화장품 안 쓰는데."

"피부가 엄청 좋아졌는데? 뭐야? 대체 무슨 화장품인데 피부가 하루아침에 개과천선을 한 거야?"

"화장품 안 쓰는데……."

"화장품 아냐? 그럼 뭐지?"

"그러게요, 하하."

박창수가 멋쩍게 웃었다.

자신이 생각해도 신기했다.

어제 친구 석기가 준 믹스 커피를 마시고 집으로 돌아와 자고 일어났더니 분화구 같던 피부가 몰라볼 정도로 좋아진 것이다.

"흠흠, 이거 가려는 사람 붙잡고 내가 너무 말이 많았군. 하여간 언제 한번 연락해. 회사 분위기가 뒤숭숭해서 나도 뜰까 생각 중이거든. 나중에 술이나 한잔하자고."

"그러죠."

하 대리와 헤어진 박창수는 회사를 나왔다.

귀는 아팠지만 많은 정보를 듣게 되었다.

그런데 저만치 아는 얼굴이 걸어오고 있었다.

박창수처럼 회사를 그만둔 친구 석기였다.

"네가 여긴 웬일이야?"

"그냥. 바람도 쓸 겸 나왔지."

"잘되었다. 우리 치맥 먹으러 가자."

"갑자기 웬 치맥?"

"어제 내가 쏜다고 했잖아. 내 피부 봐. 완전 꿀이지?"

"오호! 정말 그런데?"

"어제 네가 준 믹스 커피. 그거 덕분 아닐까 싶지. 아침에 거울 보는데 누가 화장실에 들어온 줄 알고 식겁했어. 흐흐!"

행복한 표정으로 웃는 박창수.

피부과에서도 고개를 젓던 얼굴 피부였다.

그런 피부가 하루아침에 몰라보게 달라졌다.

30분 성수의 효과일 터.

석기는 친구의 행복한 표정에 덩달아 기분이 행복했다.

아침 시간이라 술집이 문을 안 열어 나중에 치맥을 하기로 하고, 오늘은 근처 식당에서 김치찌개에 밥을 먹으며 석기는 박창수가 풀어놓은 썰을 들었다.

"진짜 놀랍지 않아? 2백억을 꿀꺽하다니!"

"곽 부장이 그런 짓을 하다니 놀랍네."

"그리고 회사 세무감사 받는대. 간부 중 하나가 투서했다지?"

"간부가 투서했다고?"

"그런 모양이야. 회사 망하게 생겼어. 나오길 정말 잘했지?"

"그러게."

이제부터 시작이었다.

명성기업에 세무감사가 나오도록 투서를 한 인물은 바로 석기였다. 회귀 전에 본부장으로 지낸 덕분에 회사 비리를 누구보다 잘 알고 있던 그였기에 투서한 내용은 A급 정보로 분류된 것이다.

감사가 끝나면 명성에서는 건축과 콘도 사업을 접게 될 테니 세 곳의 계열사만 남게 될 것이다.

명성화장품. 명성샘물. 명성엔터.

석기는 그것들까지 작살내 버릴 생각이다.

세무감사가 끝났다.

명성건설과 명성콘도.

분식 회계로 장부를 조작한 두 곳은 부실기업으로 판정받게 되었고, 무리해서 로비하는 바람에 회사 운영 자금의 회전이 어렵게 되자 결국 눈물을 머금고 두 곳의 사업체를 접어야만 했다.

또한 명성엔터.

그곳도 신인 연예인들을 공사를 따내고자 강제로 술 접대에 응하게 만든 것이 밝혀져 덩달아 도마에 오르게 되었다.

더군다나 회장 딸인 오세라가 신인 남자 배우 두 명을 스폰해 준 소문이 퍼져 재벌 갑질이라는 논란이 불거지면서 그곳도 사업을 접어야만 하는 상황에 이르렀다.

그로 인하여 명성에서는 이제 멀쩡한 사업체가 명성화장품과 명성샘물만이 남게 되었다.

다섯 곳의 사업체 중에서 그나마 두 곳의 사업체가 건재하다고 할지라도, 오장환 회장을 위협하는 진짜 문제는 따로 있었다.

곽 부장이 회사 공금을 해외로 **빼돌린** 것.

결국 그것이 오장환을 회장 자리에서 끌어내리는 데 일등공신 역할을 한 셈이다.

주주들은 2백억이나 되는 회사 공금이 어이없이 사라진 것에 벌 떼처럼 들고일어나 직원 관리를 제대로 못 한 오장환에게 책임을 전가했다.

세무감사로 세 곳의 사업체가 도산하게 되었다.

그로 인한 여파로 명성 주가는 반 토막이 나 버렸다.

주주들로선 더는 오장환을 믿을 수가 없게 되었다.

"오, 마이~갓! 어떻게 이런 일이?"

회장 딸 오세라는 패닉에 빠졌다.

주주들의 만장일치로 부친 오장환이 회장 자리에서 내려오게 된 것에 미친년처럼 날뛰었지만 그녀가 할 수 있는 일은 아무것도 없었다.

그동안 일도 하지 않고 돈을 펑펑 쓰면서 마음에 드는 남자 연예인들을 자기 멋대로 노예처럼 부려 먹던 짓만 잘했지 실제로 돈을 한 푼도 벌어 본 적이 없던 그녀였다.

게다가 명성엔터도 사업을 접게 되는 바람에 그곳에 속한 연예인들도 죄다 뿔뿔이 다른 곳으로 흩어져 누구도 너는 그녀의 비위를 맞춰주지 않을 터였다.

그러자 오세라가 패닉에 빠진 것 못지않게 오장환 회장도 분노가 극에 달했다.

이번 일로 그의 자존심에 커다란 스크래치를 내 버렸다.

자신이 키운 명성기업.

그곳의 회장 자리를 다른 놈에게 내주게 되었다.

"빌어먹을! 내가 이렇게 된 것은 모두 투서를 한 놈 때문이다! 그놈을 찾아내기만 하면 사지를 찢어발겨 개먹이로 던져 버리고 말리라!"

오장환은 국내에서 제일 잘나가는 로펌을 쓴 덕분에 구속은 면했지만, 사회적으로 물의를 일으킨 점과 여러 죄목이 겹치면서 1천억의 벌금형을 맞게 되었다.

주식이 반토막이 난 상황에다 벌금형으로 1천억까지 떨어진 것에 오장환은 너무 화가 나서 미치고 팔딱 뛰는 심정이었다.

특히 비자금으로 조성하려던 3천억.

곽 부장의 배신으로 그걸 손에 넣지 못하고 회장 자리에서 물러난 것이 원통하기 그지없었다.

"곽 부장! 네놈이 감히 내 뒤통수를 쳐? 나를 배신한 대가로 지옥을 맛보게 해 줄 테니 기다려라!"

오장환은 2백억을 해외로 빼돌린 곽 부장에게 잔인하게 복수를 해 줄 작정에 서둘러 해결사를 고용했다.

곽 부장이 빼돌린 2백억!

그걸 몰래 찾아내 그의 수중에 넣을 목적이었다.

그리고 그를 배신한 곽 부장을 절대 용서할 마음이 없었기에 해외에서 죽여 버릴 생각이었다.

"곽 부장이 빼돌린 돈은 무슨 수를 써서라도 꼭 찾아내야만 한다! 그리고 그놈을 절대 곱게 죽이지 마! 지옥 같은 고통을 안겨 준 채 골로 보내 버려! 국내에 남은 그놈 가족들도 마찬가지야! 교통사고로 위장해서 죄다 처리해!"

오장환의 지시에 해결사들이 곽 부장을 처리하고자 해외로 떠났다.

인천 부둣가에서 배를 타고 떠난 곽 부장의 행적을 좇아 움직이도록 한 것이다.

"아빠! 이대로는 도저히 안 되겠어요! 당장 외할아버지 댁으로 가요! 가서 엄마에게 무릎 꿇고 빌어서 회사를 다시 찾아요!"

울어서 눈이 퉁퉁 부은 오세라.

재력의 맛에 길들여진 그녀는 이전과 같은 화려한 삶을 살지 못할 바엔 죽는 것이 낫다고 생각했다.

오장환은 딸 오세라의 말에 그도 속으론 해결책은 처가뿐이라고 생각했기에 고개를 끄덕였다.

그 역시도 남들 위에 군림하는 삶에 길들여져 재벌이 아닌 삶은 생각하기도 싫었다.

현재 오장환 수중에 남은 자산은 5백억 정도.

서민들의 눈에는 그 정도만 되어도 눈알이 튀어나올 정도로 엄청난 액수였지만 재벌로 살아온 오장환과 오세라는 전혀 그렇게 여기지 않고 있다는 점이었다.

그리고 무엇보다 오장환은 회사를 다시 손에 넣을 계획이었다.

명성화장품과 명성샘물.

두 곳을 손에 넣으려면 주주들을 압도할 재력이 필요했다.

처가에서 보유한 재력.

국내에서 손가락에 꼽을 정도로 현금 부자로 알려진 곳이다.

시골 출신이었던 오장환이 명성기업의 회장이 된 것도 모두 처가의 조력이 있었기에 가능했다.

하지만 여성 편력이 심한 오장환으로 인해 현재 부인과 별거를 하고 있는 상태였다.

부인에게 고개를 숙이고 제발 한 번만 도와 달라고 사정한다면 딸을 봐서라도 모른 척하지는 않을 것이라 여겼다.

지금은 자존심보다 복수.

명성기업은 그가 키워놓은 사업이었다.

특히 명성화장품과 명성샘물.

두 곳은 오장환에게 남다른 애환이 깃든 사업이기도 했다.

오장환이 명성기업을 설립할 때 맨 처음에 시작한 사업이 바로 화장품이었다.

명성화장품이 부흥하자 그다음으로 명성샘물을 설립하게
되었다.

그 후로 점차 거느린 계열사 숫자를 다섯까지 늘리게 되었
지만, 이번 일로 세 곳을 접고 두 곳도 그가 아니라 다른 놈
이 회장 자리를 차지하게 된 것이니 분통이 터져서 미칠 지
경이었다.

❀

석기가 사는 원룸.

석기는 원룸을 찾아온 박창수와 믹스 커피를 마시면서 명
성기업에 대한 얘기를 나누게 되었다.

"오장환 회장이 회장 자리에서 물러나게 되었다지?"

"오 회장 성격에 지금은 어쩔 수 없이 물러났지만 조만간
반격을 시도할 거야."

"반격을?"

"오 회장의 처가가 국내에서 현금 부자로 소문난 곳이라
지. 현재 부인과 별거 상태에 들어간 모양이지만 상황이 이
러하니 찾아가서 도와 달라고 나올 거야."

"석기 넌 나와 같은 평사원인데 어떻게 그런 것을 다 알고
있어?"

"재무팀 곽 부장에게 들었어."

"아하! 그렇구나."

석기는 회귀 전에 오세라와 결혼했던 사이였기에 그녀의 친정에 대해서 빠삭하게 알고 있었다.

명성금융.

오장환이 그동안 운영했던 명성기업과는 별개의 사업체였는데, 그곳이 바로 오장환의 처가에서 운영하는 곳이란 점이었다.

그걸 보면 오장환이 회사를 차릴 때 명성이란 상호를 딴 것도, 결국 처가에서 운영하던 명성금융을 의식해서였던 것임을 알 수 있었다.

참고로 예전에 지금 시기에 석기는 아직 오세라를 만나지 못한 상태였다.

평사원으로 만족하며 지내던 시기였기에 그가 투서를 보낼 일도 없었다.

그런 점에서 회귀 전에는 오장환 회장이 별거에 들어간 부인에게 도움을 요청할 일도 없었을 것이다.

하지만 이번 생에선 석기로 인하여 오장환 회장의 주변 상황이 여러 가지가 달라진 셈이었다.

특히 명성화장품과 명성샘물.

명성기업의 모태나 다름없는 두 곳이니 오장환 회장으로선 쉽게 포기하기가 어려울 것이다.

아마 자존심을 굽혀서라도 처가에 도움을 청하여 다시 명성기업의 회장 자리를 차지할 것이 분명했다.

'그렇게 되면 나야 좋지.'

명성기업에서 오장환 회장이 빠진 싸움은 김빠진 맥주와도 다름없다. 사실 오장환을 회장 자리에서 끌어내리고 세 곳의 사업체를 도산하게 한 것만으로는 성이 차지 못했다.

석기를 회사 공금을 빼돌린 제물로 삼아 목숨까지 빼앗은 악독한 오장환 회장이다.

오장환이 지닌 모든 것을 탈탈 털리게 만들어 주고 싶었다.

"헐! 석기야, 무슨 생각을 하는데 눈빛이 그래. 까딱하면 사람 하나 죽이겠다."

"미안, 갑자기 안 좋은 생각이 나서."

"무슨 안 좋은 생각?"

"그런 게 있어. 그건 그렇고, 오늘은 치맥 쏠 거지?"

"콜!"

박창수가 환하게 웃었다.

그동안 30분 성수를 이용한 믹스 커피를 벌써 여러 잔 마신 박창수는 이제 누가 봐도 꿀 피부란 소리를 할 정도의 경지에 이르렀다.

준수한 이목구비까지는 아니었지만 피부가 좋아지니 그래도 확실히 인상이 달라 보였다.

"믹스 커피를 탄 물, 성수라고 했지?"

"그래."

"그건 어디서 구한 거야?"

"알면 다쳐."

"킥! 국가기밀이라 이건가?"

"맞아. 당분간 궁금해도 참아. 나중에 때가 되면 알려 줄 테니까."

"알았어. 근데 성수로 화장품 사업을 할 생각이라고 했지?"

"그럴 생각인데 넌 어때?"

"당연히 대찬성이지! 우리 이러다 화장품 사업이 대박 나면 완전 부자 되는 거 아냐?"

"부자 되면 뭘 하고 싶은데?"

"흐흐. 멋진 차! 사나이 로망은 바로 차지!"

"좋았어! 박 상무! 쌔끈한 놈으로다가 한 대 뽑아 줄 테니까 우리 회사에 뼈를 묻도록 하게나."

"네, 네! 사장님! 뼈를 묻을 테니 제발 차 한 대 뽑아 주십시오!"

석기는 박창수와 농담을 주고받으며 환하게 웃었다.

사업을 시작하게 되면 박창수에게 성수에 대해 계속 비밀로 할 수는 없었다.

나중에 코인 대박을 치게 되면 야산을 먼저 매입하게 될 테고, 그러면 성수는 그곳에 있는 옹달샘에서 떠 온 물이라고 둘러댈 생각이다.

사실 야산을 한 번 더 다녀왔다.

구슬이 없는 옹달샘의 물이 아직도 효력이 있을까 확인하고 싶은 생각에서였다.

놀랍게도 구슬이 없는 상태에서도 여전히 옹달샘의 물은 치유 효과가 있었다.

아마도 오랜 기간 옹달샘에 구슬이 자리를 잡고 있었던 영향이 아닐까 싶었다.

다음 날.

2백억을 빼돌려 해외로 도주한 것으로 되었던 곽 부장에 대한 소식이 뉴스로 보도되었다.

[명성기업에서 근무하던 곽 모 씨가 해외에서 마피아들의 총격전에 휘말려 목숨을 잃었다는 소식입니다. 곽 모 씨는 명성기업에 근무할 당시 2백억 상당의 돈을 해외로 빼돌린 혐의를 받고 있었습니다. 해외에서 목숨을 잃은 곽 모 씨로 인해 빼돌린 2백억에 대해선 현재 행방을 알 수 없는 상태라고 합니다.]

곽 부장이 해외에서 죽은 것.

필시 오장환 회장의 작품일 터.

덕분에 석기가 앞서 꿀꺽한 100억에 대해선 감쪽같이 증거인멸이 된 셈이었다.

게다가 전에 석기가 회사를 그만둔 것에 대해 곽 부장은 석기가 로또에 당첨되어 회사를 그만둔 것으로 오해한 상황이었기에, 오장환에게 보고하기를 로또 당첨을 들먹였을 것이 분명했다.

그랬기에 석기가 나중에 사업을 한다고 해도 오장환은 100억을 꿀꺽한 석기를 전혀 의심하지 못할 것이라 여겼다.

곽 부장이 해외에서 목숨을 잃은 것에 석기는 씁쓸한 기분은 들었지만 죄책감은 느끼지 않았다.

회귀 전에 곽 부장은 석기를 제물로 오장환에게 천거하여 그가 야산에 파묻히게 만드는 데 조력을 아끼지 않은 공범이었다.

모두 자승자박이었다.

뿌린 대로 거둔 셈이었다.

지금 실화 맞습니다

오장환도 뉴스를 봤다.

곽 부장이 해외에서 죽게 된 것.

그건 오장환이 해결사를 사주하여 처리토록 한 일이다.

그런데 문제는 곽 부장이 해외로 빼돌린 2백억.

그동안 곽 부장이 해외에서 머물면서 쓴 돈이 10억 정도였다.

그걸 제하면 190억이 남아 있어야만 했는데…….

-아무리 고문을 해도 100억에 대해선 입을 열지 않습니다. 해서 남은 90억만 회수하게 되었습니다.

해결사들이 곽 부장을 납치하여 고문한 끝에 90억은 어찌어찌 회수되었지만, 100억은 회수가 불가능했다.

결국 고문을 당하던 도중 곽 부장은 숨을 거두게 되었고, 그걸 무마하고자 해결사들이 마피아의 총격전에 휘말려 죽은 것처럼 시신에 총을 갈겨 버려 도로에 내다 버렸다.

곽 부장이 죽은 이상 사라진 100억은 이제 더는 기대할 수가 없게 되었다.

혹시나 싶어서 한국에 있는 곽 부장 가족을 조사해 봤지만 곽 부장이 해외로 도주하기 전에 부인과 나눈 통화 내용을 확인해 봐도 그렇고, 곽 부장 부인은 해외로 빼돌린 돈에 대해선 전혀 모르는 눈치였다.

－가족들은 어떻게 처리할까요?

"곽 부장 가족도 죄다 죽여 버리고 싶지만…… 지금 가족까지 사고사로 처리했다간 세간의 이목을 끌 수가 있다. 그러니 나중에 기회를 봐서 처리할 테니 그만 손을 떼도록 해."

－알겠습니다. 그럼 나중에 필요하면 다시 연락 주십시오.

해결사와 통화가 끝난 오장환.

곽 부장을 처리하는데 해결사에게 지출된 비용이 자그마치 20억이나 되었다. 2백억의 10%를 주기로 한 것이다. 회수된 90억 중에서 오장환의 손에 들어온 것은 70억이 다였다.

'빌어먹을, 2백억 중에서 겨우 70억만 회수하게 되다니!'

오장환은 분통이 터졌지만 이것으로 만족해야 할 터.

회수하지 못한 100억에 미련은 남았지만 이 정도에서 마무리하는 것이 좋았다.

더는 해결사를 부리다가 곽 부장의 죽음이 그가 사주한 짓으로 밝혀져도 곤란했다.

'그나저나 어젯밤 일을 생각하니 기분이 엿 같네.'

어젯밤 오장환은 딸 오세라를 데리고 처가를 방문하여 부인에게 고개를 숙이고 도움을 요청했다.

그 결과 1천억을 사업자금으로 지원받게 되었지만 돈도 많은 집안에서 고작 1천억을 지원한 것에 속에서 욕이 절로 튀어나왔다.

오장환이 부인에게 처음에 원한 액수는 5천억이었지만 그녀는 콧방귀를 끼면서 오장환을 무시했다.

그나마 1천억도 딸 오세라를 보고 불쌍히 여겨 지원해 주는 것이니 감사하게 여기라면서 끝내 오장환의 자존심까지 건드렸다.

'두고 봐라. 내 두 번 다시는 처가를 찾아가 그년에게 고개를 조아리는 일은 없을 거다, 절대!'

오장환은 부인 얼굴을 떠올리곤 이를 빠득 갈아 댔다.

딸 오세라와 마찬가지로 얼굴 예쁜 것을 빼놓고는 머리가 텅 빈 여자였다.

반면, 오장환은 시골에서 올라온 촌놈이긴 했지만 독기도 있었고 돈에 대한 욕심도 누구보다 강했다.

과거에 부인을 처음 만난 자리에서 그녀가 황금 동아줄이 될 것이라 생각한 오장환은 간이고, 쓸개고 모두 빼 줄 것처럼 끈덕지게 들러붙어 결국 결혼에 골인했다.

그렇게 처가의 도움으로 시작한 사업이나 오장환도 죽을 각오로 노력했다.

그래서 다섯 곳의 계열사를 거느리는 중견기업의 회장이 되었다.

그러나 사람 마음이 대부분 그렇듯이 먹고살 만하니 다른 여자에게 눈도 돌아가고, 회사 일도 점차 게으름을 피우게 되었다.

품위 유지비니, 뭐니 돈 쓸 구석도 이곳저곳 늘어났다.

건축과 콘도에서 빼먹은 콩고물로 부족하여, 급기야 회사 공금을 비자금으로 조성할 계획까지 꾸미게 되었다.

그러다 믿었던 곽 부장에게 된통 당해 버렸고, 급기야 그가 키운 명성의 회장 자리에서도 강제로 물러나게 되었다.

'회장 자리에 다시 오르면 내 편이 아닌 놈들은 죄다 정리해 버릴 테다!'

오장환의 눈빛이 이글거리며 타올랐다.

회사 주가가 반토막이 나 버린 상황이긴 하지만, 달리 생각하면 지분을 늘릴 수 있는 아주 좋은 기회였다.

오장환이 회장 자리에서 물러난 것.

주주들이 합친 주식보다 그가 보유한 지분이 적기 때문이었다.

오장환이 보유한 명성 지분은 40%.

주주들을 꼼짝 못하게 하려면 11%의 지분이 더 필요했다.

지분이 51%가 되면 방어적인 면에서도 안전했다.

51% 지분을 손에 넣으면 주주총회를 열어 버릴 작정이다.

그때는 주주들도 더는 오장환을 함부로 대하지 못할 것이다.

역시 자본주의 사회에선 돈이 최고였다. 돈이 곧 인격이고 지위이며 삶의 원천이라 생각했다.

한편으론 처가에서 지원받은 자금으로 다시 새롭게 사업을 시작해도 되었지만, 오장환으로선 명성기업의 모태나 다름없는 화장품과 샘물을 도저히 포기할 수가 없었다.

당장 비서실장을 집으로 불러들였다.

오장환을 보필하던 비서실장도 끈 떨어진 연의 신세가 되었던 차였기에 오장환의 부름에 반색하여 한남동 저택을 방문했다.

"주가가 폭락한 것에 명성 지분을 포기하는 놈이 있을 거야. 그걸 사들이도록 해. 돈을 좀 더 얹어 주더라도 팔 놈이 있다면 무조건 사들여. 주주들에게 한 방 먹이려면 반드시 51%까지 들고 있어야만 해."

"최선을 다하겠습니다, 회장님!"

비서실장은 오장환의 지시로 명성 주식을 사들였다.

드디어 오장환이 보유한 명성 지분이 51%에 이르게 되었다.

다시 명성기업을 장악할 수 있다는 것에 오장환이 비열하게 웃었다.

❀

새벽 한강변.

한강으로 차를 몰고 나온 석기.

강 건너에 오장환 집이 보였다.

회귀 전에는 저곳을 방문한 석기를 딸의 배필로 흔쾌히 여겨 준 오장환에게 매우 고맙게 생각했는데, 그것이 결국 석기의 뒤통수를 치기 위한 작전의 일환이었던 것이다.

'더는 당하지 않을 것이다.'

이번 생에 목표가 생겼다.

오장환을 능가하는 찐 부자가 되어 볼 작정이다.

사실 오장환이 들고 있는 재력.

오장환 처가의 재력이 빵빵해서 그렇지, 실제 오장환은 중소기업의 회장에 불과했고, 그가 보유한 재력도 재벌 세계에서는 겨우 끄트머리에 위치한 서열에 불과했다.

그리 대단할 것도 없었다.

물론 회귀 전에는 가진 것이 쥐뿔도 없던 석기에겐 그것만으로도 엄청나게 대단한 존재처럼 여겨졌지만, 이렇게 한번 죽었다가 살아난 탓인지, 이제 석기의 가슴속에는 커다란 야망을 품게 되었다.

'행운처럼 내 손에 들어온 성수. 그걸 이용하여 대한민국에서 제일 잘나가는 부자가 되어 보겠다.'

아침에 석기가 이곳에 나온 이유.

오장환이 사는 집을 보며 다짐하기 위해서였다.

오늘이 바로 디데이였다.

100억을 몰빵한 팬더 코인.

그것이 드디어 떡상할 날이 다가온 것이다.

'지금쯤이면 오장환도 명성기업을 장악할 방법을 찾아냈겠지.'

처가에 도움을 요청했을 테니 자금을 손에 넣었을 것이다.

마침 명성 주가가 크게 하락한 시기이니 처가에서 받은 돈으로 지분을 늘릴 기회라고 생각할 터.

오장환은 야비하고 잔인한 성격이나 돈을 버는 일에 한해서 두뇌 회전이 기가 막히게 잘 돌아갔다.

국내에서 명품으로 알려진 명성화장품과 명성샘물에 애착도 갖고 있을뿐더러, 두 곳의 사업체가 몇 년 동안 흑자를 유지하고 있다는 것에 오장환은 지분을 늘려 명성기업을 장악하고자 할 것이 뻔했다.

'오장환! 명성기업의 지분을 사들인 것을 후회하게 만들어 주마!'

때를 맞춰 오늘이 바로 팬더 코인이 떡상할 시기였다.

그걸 석기가 기억하고 있는 것은 두 번째 여친이었던 주유니 덕분이기도 했다.

'다른 코인은 몰라도 팬더라는 명칭 때문에 이 코인은 확실하게 기억하고 있지.'

회귀 전, 팬더 코인이 열배로 떡상하던 날에 주유니와 첫 만남을 가졌던 것이다.

호프집에서 술을 마시면서 그녀는 무슨 코인 이름이 앙증맞게 '팬더'냐면서 깔깔거렸다.

그때 당시 석기는 열 배로 오른 코인 가격을 보고 투자했으면 참 좋았을 텐데 아쉽게 생각했다.

하지만 그렇게 떡상했던 바로 다음 날, 팬더 코인 가격이 바닥까지 추락했다는 점에 그때 코인에 투자 안 하기를 정말 잘했다면서 안도의 한숨을 내쉬었다.

팬더 코인의 그런 널뛰기 현상을 가지고 말들이 많았다. 중국의 대형 투자자들이 조작했다는 설도 있었지만, 지금 그런 사실은 석기에게 전혀 중요하지 않았다.

'과연 회귀 전과 똑같이 열 배로 떡상하게 될지는 미지수이나 지금까지 팬더 코인이 흘러간 흐름을 보면 비슷하게는 흘러갈 것이다.'

100억을 팬더 코인에 몰빵했다.

만일 그것이 예전처럼 열 배로 떡상하게 되면 1천억이란 어마어마한 거액이 석기의 수중에 들어오게 된다는 것이다.

'로또에 당첨된 돈으로 코인에 투자하여 대박을 친 것으로 하면 누구도 의심하지 못할 터.'

석기는 차를 세워 놓은 곳으로 돌아섰다.

지금부터 할 일이 많았다.

코인을 매매하면 곧장 사업에 돌입할 것이다.

사무실, 직원들, 연구원…… 필요한 것이 한두 가지가 아니었다.

무엇보다 옹달샘이 있는 야산을 매입하는 일이 중요했다.

한편으론 야산에 파묻혔다가 다시 살아난 석기였기에 야산은 행운을 가져다준 장소였다.

거기에 더불어 앞으로 화장품과 샘물 사업에 뛰어들려는 입장에서 야산의 옹달샘은 성수로 둔갑하게 될 것이니 중요하지 않을 수 없었다.

그곳을 반드시 손에 넣을 필요가 있었다.

'야산 주인 핸드폰 번호는 받아 놓았으니 코인을 처분하고 나서 즉각 연락하는 것이 좋겠다.'

수소문 끝에 부동산 중개업자를 통해 야산 주인 핸드폰 번호를 입수할 수 있었다.

야산 주인과 직접 통화를 해서 담판을 짓고 싶었다. 혹시 주인에게 야산에 대한 뭔가 특별한 정보를 들을 수 있을지도 모른다는 일말의 기대감도 갖고 있긴 했다.

석기의 원룸.

"와우!"

노트북을 들여다본 석기의 입에서 들뜬 탄성이 흘러나왔다.

말로 설명할 수 없는 희열.

그는 지금 발끝부터 시작한 짜릿한 쾌감이 머리끝까지 휘몰아쳐 정신이 아득할 지경이었다.

'회귀 전보다…… 더 뛰었다!'

팬더 코인이 제대로 떡상했다.

회귀 전에는 열 배까지 치솟았던 팬더 코인이었는데, 이번 생에선 열다섯 배로 불어난 상태였다.

100억이 1,500억으로 불어났다.

그만 머릿속이 하얗게 변했다.

회귀 전과 달라진 점. 석기가 팬더 코인에 100억을 몰빵한 것이 아무래도 뭔가 영향을 끼친 것이 아닐까 싶기도 했다.

'빨리 처분하자!'

내일이면 거품이 푹 꺼질 것이다.

하루 사이로 천국과 지옥을 오고 갈 터.

석기는 떨리는 손을 분주히 움직였다.

드디어 코인을 모두 팔아 치웠다.

심장 박동이 쿵쿵! 마구 두근거렸다.

어마어마한 거금이 석기 계좌로 들어왔다.

'이게 꿈인가, 생시인가!'

석기는 볼을 꼬집어 보았다.

이상하게 전혀 아프지 않았다.

덜컥 겁이 나 장딴지 살을 힘껏 비틀어 보았다.

"커헉!"

이번엔 신음이 흘러나왔다.

눈물도 찔끔 흘러나왔다.

꿈이 아니라 실화라는 의미.

벌러덩!

바닥에 대자로 널브러졌다.

잠시 그 상태로 천장을 멍하니 올려다봤다.

아직 실감이 나지 않지만, 서서히 석기의 입이 빙그레 벌어졌다.

코인 대박이 터졌다.

'이러고 있을 때가 아니다.'

석기가 바닥에서 벌떡 일어났다.

이날을 계속 기다려오지 않았는가.

가슴은 뜨겁지만 머리는 차갑게.

자금은 준비되었으니 이제 복수할 일만 남았다.

오장환은 조만간 명성의 회장 자리를 다시 차지할 터.

그에 맞춰 석기도 발 빠르게 움직여야만 했다.

화장품과 샘물.

앞으로 두 가지 사업으로 오장환과 경쟁하게 될 터.

'야산 주인을 만나자.'

제일 먼저 처리할 일이 야산을 손에 넣는 일이다.

야산의 옹달샘.

그곳은 화장품과 샘물 사업의 원천이 되어 줄 곳이다.

사람들에게 구슬로 만든 성수를 밝힐 수 없는 일이다.

그랬기에 그걸 대신하여 사람들에게 밝혀도 지장이 없을 대타가 필요했다.

겉으로 보기엔 옹달샘은 자연 친화적인 면도 있고, 성분을 검사한다 해도 유해한 성분보다 사람에게 이로운 결과가 나올 것이라 여겼다.

스윽!

석기는 핸드폰에 저장된 번호를 터치했다.

주소 목록에 '구용우 어르신'이라 저장된 것이 있는데 그것이 바로 야산 주인 이름이었다.

"안녕하세요, 어르신! 저는 전에 한번 연락드린 적이 있던 신석기라고 합니다. 야산을 매입하고 싶어서 이렇게 다시 연락드렸습니다."

그런데 야산을 매입하고 싶다는 석기의 말에 구 노인이 망설이는 기색이었다.

-실은…… 그곳에 별장을 지을 생각에 건축 허가까지 받아 놓은 상태라서 좀 고민되네요.

회귀 전에도 야산의 초입에 별장을 건축했던 구 노인이다.

석기에게 비싼 값에 야산을 팔려는 수작으로 이런 말을 언급한 것은 결코 아닐 것이다. 이대로 물러날 수 없다는 생각에 석기가 말했다.

"어르신! 야산을 파시겠다면 어르신께서 원하는 가격에 맞춰 드릴 생각이니, 한번 만나 뵙고 찬찬히 말씀을 나눠 보면 어떨까 싶은데요."

-괜한 헛걸음이 될 수도 있을 텐데 괜찮겠어요?

"괜찮습니다. 그럼 시간이 언제가 편하실까요?"

-점심 무렵은 내가 할 일이 좀 있어서, 오후 3시가 적당하겠군요.

"오후 3시요? 알겠습니다. 그럼 이따가 어르신 사시는 마을에 도착하면 제가 다시 연락을 드리겠습니다.

-그러세요.

석기는 구 노인과 통화가 끝나자 외출복을 걸쳤다.

오후 3시면 천천히 출발해도 되었지만 구 노인을 만나기 전에 야산을 한 번 더 둘러보고 싶었다.

'가만?'

갑자기 떠오른 생각에 석기가 냉장고로 향했다.

냉장고에서 생수병 2개를 꺼냈다.

하나는 운전할 때 목이 마를 때 마실 용도의 물이었고, 나머지 하나는 나름대로 생각한 것이 있어서 가져가려는 것이다.

보통 생수와 특별한 물.

특별한 물은 바로 구슬을 집어넣은 성수였다.

자그마치 10일짜리 성수라고 보면 되었다.

소위 고농축 성수인 셈이다.

아직 실험해 보지 못한 상태였다.

'어차피 실험이 필요한 상황이니 갖고 가서 좋은 일에나 쓰자.'

사실 석기가 10일짜리 성수를 들고 가려는 것.

야산 주인 구 노인과 연관이 있는 일이었다.

회귀 전에 구 노인은 야산 초입에 별장을 지었지만, 나중에 오장환 회장에게 헐값에 별장을 넘기게 되었다.

바로 자식 문제 때문이었다.

구 노인에게는 슬하에 자식으로 아들이 하나 있었다.

아들의 직업은 일류 호텔에서 음식을 만드는 요리사였다.

그런데 구 노인 아들이 요리하던 도중에, 다른 요리사의 실수로 펄펄 끓는 기름에 크게 화상을 입는 일이 벌어졌다.

하필 얼굴 쪽에 입은 화상이기도 했고, 미관상 보기도 흉했기에 여러 차례 성형수술을 받았음에도 일그러진 피부를 복원시키기가 어려웠다.

그래서 아들이 직장마저 그만두고 구 노인 본가에서 머물게 되었는데, 얼굴 피부가 그렇게 되고 나서 아들은 마을 사람들과 마주치는 것을 질색했다.

해서 구 노인은 마을에서 떨어진 야산에 별장을 지어 아들에게 줄 생각이었다.

하지만 회귀 전에 별장의 건축이 완성된 시기에, 그만 구 노인의 아들은 괴물처럼 변해 버린 자신의 외모에 더는 삶의 희망이 없다고 생각하여 자살해 버린 것이다.

그로 인하여 구 노인은 아들을 위해 지은 별장을 두고 보기가 가슴 아팠기에 오장환에게 헐값으로 처분해 버린 것이다.

회귀 전에 석기는 오세라와 결혼했다.

생일 선물로 야산이 딸린 별장을 받게 되었을 때, 오세라가 남의 일이라고 신이 나서 구 노인의 사연을 떠들어 댄 것이다.

그때는 참으로 기분이 복잡했다.

생일 선물로 받은 야산이 딸린 별장에 그런 사연이 있다는 것을 알고 석기로선 마음 아팠지만, 오세라는 그저 헐값에 별장과 야산을 사들였다면서 즐거워했다.

'회귀 전에는 이미 벌어진 일이라 돌이킬 수 없는 일이었지만, 이번 생에선 구 노인의 아들이 성수의 효과를 꼭 보게 되면 좋겠다.'

사람의 인연이란 것이 참말 묘했다.

어쩌면 석기가 야산에 파묻혔다가 살아난 것이 마치 구 노인의 아들을 구해 주라는 의미처럼 여겨지는 감도 없지 않았기에.

"석기야! 어디 가려고?"

"어? 창수구나."

원룸 문 앞에 박창수가 서 있었다.

밖으로 나온 석기를 발견한 박창수가 히죽 웃으며 손에 들고 있던 것을 흔들어 보였다.

햄버거 세트를 포장해 온 것임을.

석기와 함께 점심으로 먹으려고 오는 길에 사 온 모양이었다.

"마침 잘되었다. 혼자 가기 심심했는데."

"어딜 가려고?"

"가 보면 알 거야."

원룸 앞에 세워 놓은 중고차에 석기와 박창수가 올라탔다.

운전대를 잡은 석기는 속으로 피식 웃었다.

앞으로 사업을 시작하면 야산의 옹달샘을 박창수에게 오픈할 생각이었기에 일찌감치 그곳을 구경시켜 주는 것도 좋았다.

그리고 구 노인의 야산을 매입할 생각이었다.

순박한 박창수 인상은 어른들에게 호감을 주는 인상이기

도 했고, 어린 시절부터 할머니를 모시고 살았던 박창수는
어른 대하는 것이 자연스러워 혼자 가는 것보다 함께 가는
것이 야산을 매입하는 데 도움이 될 터였다.

※

야산에 도착했다.
더운 여름 날씨답게 햇볕이 강렬했다.
봄과는 달리 사방이 푸른 나무와 풀로 무성했다.
그나마 산속이라 그런지 나무 그늘에 이르니 시원하게 느
껴졌다.
석기가 땀을 뻘뻘 흘리는 박창수를 웃으며 쳐다봤다.
성수를 생수 대용으로 매일 마시는 석기였다.
몰라볼 정도로 신체가 건강해졌다.
더운 날씨에도 땀을 그다지 흘리지 않았다.
야산을 박창수에게 소개하는 석기의 눈빛이 보석처럼 반
짝였다.
"여기가 바로 내가 매입하려는 야산이야. 앞으로 우리가
하려는 사업의 중요한 역할을 해 줄 곳이지."
"야산 주인이 안 판다고 나오면 어쩌려고?"
"그래도 팔도록 해 봐야겠지. 창수 너, 어르신들에게 인기
좋잖아. 그러니 이따가 어르신에게 말 좀 잘해서 야산을 꼭

팔도록 해 봐."

"맨입으로?"

"야산을 매입하게 되면 차 한 대 뽑아 주지."

"진짜 차 뽑아 줄 거야?"

"법인 차가 되겠지만. 네가 원하는 차종으로 뽑아 줄게. 어때, 구미가 좀 당겨?"

"나만 믿어! 정 안되면 그 어르신 집에 팔 때까지 눌어붙지, 뭐. 흐흐!"

차를 뽑아준다는 것에 박창수가 콧김을 뿜으며 도전 의지를 강렬하게 드러냈다.

"앉아서 햄버거나 먹자."

"그래, 배고프다."

소풍을 나온 기분이었다.

석기와 박창수는 나무 그늘에 주저앉아 햄버거를 점심으로 먹었다.

야외에서 먹는 햄버거라 그런지 꿀맛이 따로 없었다.

맴맴~!

매미 우는 소리가 들렸다.

찌르륵…….

풀벌레 소리도 들렸다.

사라락~!

나뭇잎이 바람에 흔들리는 소리도 기분 좋게 들렸다.

푸른 하늘에 하얀 뭉게구름도 그림처럼 멋졌다.

"창수야."

"왜?"

"너에게 밝힐 것이 있어."

"뭔데?"

"나 로또 당첨되었다."

"로또? 설마 1등?"

"응, 놀랐지."

"헐! 완전 대박이네! 회사 그만둘 때 뭔가 수상하더니."

"그것보다 더 대박은 뭔지 알아?"

"또 있어?"

"응."

"뭔데."

"로또 맞은 당첨금으로 죄다 코인을 샀거든."

"미친! 그걸 코인 사면 어떡해!"

"근데 있지, 그것이 15배로 터졌다."

"허어!"

석기 멱살을 잡으려던 박창수 입이 떡 벌어졌다.

"나 이제 부자야."

"얼마나 번 건데?"

"400억 정도."

"와우!"

박창수가 400억이라는 말에 크게 흥분하여 탄성을 흘렸다.

실제로는 1,500억이지만 그걸 까발리긴 뭣했기에 금액을 적게 불렀다.

[그래서 이 녀석이 사업하자고 날 꼬드긴 거였군. 그것도 모르고 도와주려고 적금을 깼는데. 아무튼 기분 좋네. 우리 석기 그동안 고생 진탕 했는데 이제 꽃길만 걸어라. 흐흐!]

박창수 속마음이 들렸다.

언제나 한결같은 친구였다.

로또 1등에 당첨되고 코인까지 대박을 터트렸다는 말에도 질투나 시기를 전혀 하지 않고 석기의 행복을 빌어 주는 선한 심성을 지닌 박창수였다.

역시 석기가 사업 파트너로 정할 정도로 진국인 친구였다.

행복했다.

돈으로도 살 수 없는 것이 진실된 사람 마음이었기에.

"그만 일어나자. 보여 줄 게 있거든."

"뭔데?"

"따라와."

석기는 박창수를 옹달샘으로 이끌었다.

박창수는 동요에나 등장하는 산속의 옹달샘을 대하게 되자 몹시 신기하게 여겼다.

물가에 쪼그리고 앉아 '깊은 산속 옹달샘~' 하고 동요를 부르며 물장난을 쳤다.

그런 박창수 옆에 쪼그리고 앉은 석기.

"앞으로 우리 사업의 원천이 되어 줄 옹달샘이야."

"설마 성수가 옹달샘 물이었어?"

"그건 아냐. 성수를 만드는 비법은 따로 있어. 그걸 밝힐 수 없으니 여기 옹달샘으로 대처할 생각이야. 물맛도 괜찮고 산속이라 이미지도 청정하잖아."

"아하! 과연 그러하네. 근데 샘물 장사를 하려면 이 정도 옹달샘으로 될까?"

"끊임없이 지하에서 흘러나오니 물이 마를 일은 절대 없을 거야."

"오오! 완전 신기한 옹달샘이네. 그래서 야산을 사려고 하는 거였군."

"맞아. 옹달샘도 구경했으니 그만 내려가자."

석기는 사실 야산을 구경 오면 옹달샘부터 살펴봤다.

대략 3개월 정도 살펴봤지만 가뭄에도 물이 마르는 일이 없었다.

더군다나 구슬이 오랜 기간 들어 있던 샘이라 사람 몸에도 좋을 것이다.

부르릉-!

산에서 내려온 둘은 구 노인이 사는 마을로 향했다.

야산에서 차로 10분 거리에 위치했다.

마을에서 가장 너른 대지에 자리 잡은 운치 있는 저택.

그곳이 바로 구 노인 집이었다.

동네 유지라는 것에 석기는 살짝 긴장이 되었다.

돈이 궁하지 않은 사람이라면 야산을 팔지 않으려 할 수도 있었기에.

하지만 석기에겐 비장의 무기가 있었다.

끼이익!

구 노인 집 앞에 차를 세웠다.

한가로운 마을 풍경이 이상하게 편안했다.

차 트렁크를 열어 안에 보관한 생수병을 꺼냈다.

10일짜리 성수.

과연 효과를 볼 수 있을까.

"안녕하세요, 어르신! 오전에 전화 드렸던 신석기입니다!"

드디어 야산 주인 구 노인을 만났다.

[괜한 걸음을 하게 만들었어. 차라리 야산을 안 판다고 애초에 단단히 못을 박는 거였는데.]

반백의 머리에 안경을 걸친 구 노인.

노인에게서 풍기는 기운이 범상치 않았다.

나이만 먹은 노인이 아니란 느낌이 강하게 풍겼다.

하여간 중요한 점은 구 노인은 야산을 팔 생각이 없는 듯, 석기가 이곳을 찾아온 것이 신경이 쓰이는 눈치였다.

"어르신! 제 이름은 박창수입니다! 친구가 좋은 곳에 간다

는 말에 졸라서 따라왔습니다. 야산도 멋졌는데 어르신 사시
는 집도 아주 멋지네요!"

석기의 인사가 끝나자 박창수가 잽싸게 나섰다.

야산을 매입하는 일에 자동차가 달려 있었기에 최선을 다
해 너스레를 떨어 댔다.

다행히 구 노인은 박창수의 너스레가 싫지 않은지 부드러
운 표정으로 석기와 박창수를 저택의 응접실로 이끌었다.

"더운 날씨에 여기까지 오느라 고생들이 많았어요. 시원
하게 냉커피를 타서 올 테니 소파에 앉아서 기다려요."

"감사합니다, 어르신!"

"저도 감사합니다, 어르신!"

석기와 박창수는 응접실에 남고, 구 노인만 주방으로 움직
였다.

아래층에선 구 노인 아들을 발견하지 못했기에, 아마 2층
공간을 아들에게 내준 것이 아닐까 싶었다. 그리고 아들은
사람들을 기피할 테니 손님이 찾아온 것에 일부러 더욱 2층
에만 있고자 할 터였다.

"집은 상당히 널따란 편인데 식구는 별로 없나 봐."

"그러게. 집이 참 아늑하고 조용하네."

구 노인에게 가족은 달랑 아들 하나만 있었지만, 그걸 박
창수에게 미주알고주알 말하기가 그러했다.

스윽!

석기가 들고 온 생수병을 테이블에 내려놓았다.

10일짜리 성수였다.

이유가 있어서 가져온 것이지만 석기의 속내를 모르는 박창수는 생수병을 의아하게 쳐다봤다.

"그건 왜 가져온 거야?"

"이따가 알게 될 거야."

"혹시 그거 성수야?"

"맞아."

석기의 대답에 박창수가 더는 질문하지 않았다.

[여기에 굳이 성수를 가져온 이유가 뭘까? 궁금하지만 석기도 뭔가 생각이 있어서 가져왔을 테니 기다려 보면 알게 되겠지, 뭐.]

박창수 속마음이 들렸다.

참 한결같은 박창수였다.

석기는 속으로 피식 웃고는 실내를 이리저리 둘러봤다.

그러다 근처의 장식장에서 사진이 들어 있는 액자를 발견하게 되었다.

'어르신 아들의 사진인가?'

아주 오래전에 찍은 사진으로 여겨졌다.

사진이 들어간 액자도 꽤 고급스러웠다.

또 매일 먼지를 닦아 주는지 보관 상태도 좋았다.

노인에게 의미 깊은 소중한 사진인 모양이었다.

그런데 하필 손님들을 접대하는 응접실에 사진 액자를 놓아둔 것이 뭔가 이상했다.

'그러고 보니 사진 배경이 옹달샘이잖아?'

야산의 옹달샘에서 찍은 사진이 분명했다.

사내아이 두 명이 옹달샘에 놀러 가서 찍은 사진인 듯싶었는데, 지금처럼 더운 계절이 아니라 꽃이 핀 화사한 봄에 찍은 사진으로 옹달샘 뒤로 만발한 진달래가 산을 붉게 수놓고 있었다.

아이 중에서 큰 아이는 대략 열 살 정도로 보였고, 작은 아이는 많아 봐야 대여섯 살 정도로 보였다.

아이들이 손을 꼭 잡고 찍은 사진인데, 작은 아이가 입은 옷은 큰아이에 비해 어딘지 품격이 느껴졌다.

꼬맹이를 위한 정장. 그런 옷을 걸쳤다. 마친 귀한 가문의 도련님처럼 보였다.

'웃기네. 갑자기 저 사진을 보는데 왜 이런 기분이 드는 거지. 사진이 나와 무슨 상관이 있다고.'

뭔가 이상한 일이었다.

처음 보는 사진이 분명했다.

그럼에도 익숙한 느낌이 들었다.

'아마도 내가 보육원에 버려진 시기가 저 아이 나이 때라 그런 건지도 모르겠군.'

석기는 보육원 출신이었다.

사진 속에 나오는 작은 아이의 나이 무렵에 부모에게 버려져 보육원에 들어온 것으로 알고 있다.

아무리 어린아이라도 어릴 때 기억을 갖고 있을 수도 있지만 석기는 이상할 정도로 어린 시절에 부모님과 함께했던 어떤 기억도 갖고 있지 않았다.

마치 안갯속을 헤매는 것처럼 부모님에 대한 기억을 떠올리려 하면 머릿속이 하얗게 느껴질 뿐이었다.

부모에게 버려진 아이라는 트라우마 때문에 그런 현상이 일어난 걸 수도 있었기에, 몇 번 그런 현상을 경험하고 나서는 생각나지 않는 부모를 애써 기억할 필요는 없다고 생각하여 까맣게 잊고 살았다.

'가만? 어르신 아들이 하나가 아니었나?'

회귀 전에 석기가 오세라에게 들은 바로는 구 노인에게 자식은 아들 하나뿐인 것으로 알고 있었다.

하지만 사진 속의 아이는 두 명.

친구로 봐주기엔 아이들의 나이 터울이 너무 차이가 컸다.

'그렇다면 형제라는 건데. 오세라가 잘못 알고 있었던 건지도.'

그런데 큰 아이는 구 노인의 이목구비를 빼다 박았지만, 작은 아이는 볼록 튀어나온 이마도 그렇고 눈매가 구 노인을 하나도 닮지 않았다.

형제라도 서로 다르게 생긴 이들도 있긴 했다.

구 노인은 부인과 일찍 사별한 것으로 알고 있다.

작은 아이는 어쩌면 부인을 닮았을지도.

"저 사진 보는 거야?"

박창수도 석기가 바라보는 사진에 관심을 보였다.

그러다 사진에 나온 장소가 야산의 옹달샘이라는 것을 눈치챘는지 박창수의 목소리가 흥분한 듯 커졌다.

"저곳 아까 우리가 갔던 그 옹달샘 아냐? 분위기 완전 비슷한데? 안 그래?"

"그러게."

"어르신 자식들인가 봐. 옛날에 찍은 사진인지 완전 귀엽다. 호오? 근데 형제가 전혀 딴판이네. 큰 애는 어르신을 쏙 빼다 박았는데 작은 애는…… 누굴 닮았지? 근데 이거 이상하네. 작은 애 얼굴이 낯설지 않단 말이지. 내가 저 애를 어디서 봤더라?"

박창수가 액자 속의 사진을 보며 의문을 표하던 순간.

드르륵!

마침 응접실 문이 열렸다.

냉커피를 준비해 온 구 노인이 안으로 들어왔기에 둘은 사진에서 시선을 떼고는 자세를 바로 했다.

구 노인이 냉커피를 둘의 앞에 한 잔씩 놓아두곤 둘의 맞은편 소파에 자리했다.

"마셔요. 시원할 거요."

"잘 마시겠습니다!"

"저도 잘 마실게요!"

석기와 박창수는 안 그래도 살짝 목이 탔기에 냉커피를 보자 반가운 마음에 얼른 목을 축였다.

냉커피 맛이 죽여줬다.

서울 시내에서 유명세를 날리는 별카페의 아이스아메리카노보다 몇 배로 맛이 좋았다.

그렇게 석기와 박창수가 냉커피로 어느 정도 목을 축이고 나자 구 노인이 그제야 석기의 얼굴을 멋쩍은 기색으로 쳐다봤다.

"여기까지 찾아온 젊은이에게는 미안한 일이지만 아무리 생각해 봐도 야산을 팔지 못할 것 같네요. 실은 그곳에 우리 아들을 위한 별장을 지을 생각이거든요."

"……."

석기는 어차피 각오하고 찾아온 상태였다.

구 노인이 야산을 팔지 않으려 할지도 모르는 일이었기에.

그러자 석기의 침묵을 자신의 말에 수긍했다는 의미로 해석한 구 노인이 다시 말을 이어 갔다.

"우리 아들이 얼굴에 화상을 심하게 입은 상태라오. 여기서 한참 떨어진 야산에 별장을 지으려는 이유도 아들이 마을 사람들과 얼굴을 마주치는 것을 꺼려서 그래요. 맨날 혼자 방에 처박혀서 폐인처럼 저러고 있으니 아비로서 여간 걱정이 되는 것이 아니라오. 그러니 다른 곳의 산을 알아보면 좋겠소."

구 노인의 말을 들은 박창수가 크게 놀란 표정을 지었지만, 석기는 이미 모든 것을 알고 이곳을 찾아온 상태였기에 비교적 차분한 태도를 유지할 수 있었다.

역시 구 노인에게 야산을 매입하려면 아들의 치료가 중요했다.

10일짜리 성수.

과연 그것이 효과를 볼 수 있을까 우려도 되었지만, 석기는 하고많은 야산 중에서 하필 구 노인의 야산에 파묻혔다가 살아난 자신의 행운을 한번 믿어 보기로 했다.

"어르신! 본래는 야산을 매입하고자 이곳을 찾아왔습니다만, 지금부터 야산 문제는 잠시 접어 두고 제가 어르신 자제분에 관련하여 드릴 말이 좀 있습니다."

"그게 무슨 말이오? 우리 아들에 관해서 할 말이 있다고요?"

"그렇습니다. 그동안 여러 방면으로 자제분의 화상 치료를 위해서 어르신께서 부단히 노력하신 것 잘 알고 있습니다. 그리고 그동안 행한 치료들이 자제분에게 별반 효과를 보지 못한 것도 알고 있습니다."

구 노인은 석기의 얼굴을 의아히 쳐다봤다.

[우리 민재에 대해서 젊은이가 어찌 소상히 알고 있는 건지

모르겠군. 근데 대체 젊은이가 왜 이런 얘기를 꺼내는 걸까. 설마 우리 민재를 치료해 줄 생각에? 그동안 숱하게 병원을 다녀 봐도 효과를 보지 못한 민재 얼굴인데 그걸 이 젊은이가 고친다고?]

구 노인의 속마음이 들렸다.

석기를 전혀 신뢰하지 못하는 구 노인의 눈빛이기도 했다.

당연했다.

석기와는 초면의 상태였고, 더군다나 야산을 사러 왔던 인물이 갑자기 노인의 아들 얘기를 꺼내니 이상하게 여겨졌을 것이다.

"어르신! 의사도 아닌 제가 어르신의 자제분을 치료한다는 말이 이상하게 들릴 수도 있을 겁니다. 그 심정 충분히 이해합니다. 하지만 제가 자제분을 치료하는 방법은 이제까지 찾아갔던 병원에서 했던 방법과는 차이가 있습니다."

"젊은이, 야산을 사러 왔던 젊은이가 의사도 아닌데 왜 그런 이상한 헛소리를 하는 건지 모르겠지만 어른 앞에 놓고 농담하는 거 아녜요. 그리고 우리 아들을 놓고 그런 식으로 말하는 거 매우 듣기가 불쾌하네요."

구 노인의 안색이 좋지 않았다.

아들에 대한 사랑이 지극한 양반이었기에 석기의 말이 농담처럼 느껴졌기에 불쾌하게 다가왔다.

"어르신! 만일 제가 어르신의 자제분 얼굴을 말끔하게 치유시켜 주면 어떡하실래요."

"우리 민재의 얼굴을 말끔하게 만들어 주겠다고요?"

"네! 만일 그렇게 해 드리면 야산을 제가 파실 겁니까?"

"우리 아들 얼굴만 고쳐 주기만 한다면 야산이 아니라 더 한 것도 내 젊은이에게 내주겠소."

"그렇다면 좋습니다. 만일 제가 어르신 자제분의 얼굴을 만족하게 치료하지 못할 경우는 젊은 제가 나이 드신 어르신을 농락했다는 의미로 야산에 지을 별장 가격을 보상금으로 드리겠습니다. 그러니 어르신 입장에서도 손해 보는 것만은 아닐 거라 생각합니다."

"치료에 실패하면 별장을 지을 돈을 내게 주겠다는 말이요?"

"그렇습니다. 대신 반대의 경우 어르신 자제분 치료를 만족스럽게 끝낼 경우에는 어르신께서 야산을 꼭 제게 파셔야만 합니다."

"정말로 우리 아들 얼굴만 고쳐 준다면 내 야산을 젊은이에게 공짜로 넘겨드리리다. 한데 대체 어떤 방법으로 우리 아들의 얼굴을 치료하겠다는 거요?"

궁금함이 가득한 구 노인의 시선에 석기가 테이블에 놓아 둔 생수병을 가리켰다.

"그건 생수가 아니요?"

"이건 생수가 아닙니다."

"생수가 아니면 뭐요?"

겉으로 보기엔 성수는 그냥 보통 물처럼 보일 터.

그랬기에 구 노인은 생수병에 들어 있는 물을 생수가 아니라고 말하는 석기가 이상하게 여겨졌다.

[우리 아들의 얼굴을 치료해 주겠다고 큰소리를 치더니 기껏 준비한 것이 생수라니? 그럼에도 생수가 아니라고 우기다니. 그럼 저게 대체 무슨 물이라는 거지?]

솔직히 구 노인은 사기를 당한 심정이었다. 물론 물질적으로 손해를 본 것은 아직 없는 상태이고, 그나마 석기가 거짓말을 할 인물은 아니라는 믿음 하나로 당장 집에서 쫓아내지 않고 있는 것이다.

그러자 구 노인의 속마음을 읽은 석기는 진지한 표정으로 성수를 설명하기 시작했다.

"저는 이걸 성스러운 물이라 하여 '성수'라고 부르고 있습니다. 물론 어르신 입장에선 이걸 성수라고 믿기엔 의혹이 드는 것은 당연합니다. 하지만 제가 자신 있게 말하건대 이건 성수가 분명합니다."

"젊은이가 그렇다니 믿기는 하겠지만 검증이 된 물이오?"

10일짜리 성수.

그것에 대한 효력은 석기도 정확하게 알지 못했지만 특별한 성수임은 분명했기에 자신 있게 나왔다.

"그렇습니다. 성수에 대한 효능은 이미 몇 가지 실험을 통해 검증된 상태입니다. 특히 제가 이곳에 가져온 성수는 어르신의 자제분을 위해 특별히 챙겨 온 귀한 성수이기도 합니다."

그러자 자신감 넘치는 석기의 태도에도 불구하고 구 노인으로선 달랑 물로 아들을 치료하겠다는 것에 걱정이 앞섰다.

[성수가 얼마나 대단한 건지는 모르겠지만…… 괜히 민재에게 기대를 갖게 만들었다가 더 상처만 안겨 주게 되는 것은 아닐지 모르겠군.]

구 노인의 속마음이 들렸다.

노인으로선 석기에게 아들의 치료를 맡겼다가 효과도 보지 못하고 아들의 마음만 아프게 만들까 우려가 되었던 모양이다.

하지만 석기는 물러날 수 없었다.

사업을 하는데 야산이 꼭 필요한 것도 있었지만, 석기가 구 노인의 아들을 치료하려는 중요한 이유가 있었다.

그 점은 아직 박창수에게도 말하지 않았고, 구 노인에게도 말하지 않은 부분이기도 했다.

실은 이곳에 오기 전에 구 노인의 아들에 대해 조사해 본 결과 뜻밖의 사실을 알게 된 석기였다.

"어르신! 이 성수가 바로 어르신의 자제분을 치유시켜 줄 겁니다. 그러니 반신반의하는 마음은 들겠지만 자제분을 위해서 저를 한번 믿어 주세요."

    진지한 석기의 표정에 구 노인의 눈빛이 흔들렸다.

    석기를 처음 본 순간 이상하게 낯설지 않게 느껴졌기에 노인은 석기에게 호감을 갖고 있었다.

    인물도 준수한 젊은이가 어른에 대한 예의도 바르고 성격도 진중해 보였고, 무엇보다 노인과 아무런 연고가 없음에도 아들을 신경 써 주고 있는 것이니 너무 고마웠다.

    "젊은이를 한번 믿어 보겠소."

    구 노인이 힘차게 고갤 끄덕였다.

    비록 아들이 크게 기대했다가 상처받게 된다고 할지라도 석기의 치료를 받아보는 것이 좋겠다고 생각했다.

    "어르신. 저를 믿고 허락해 주셔서 감사합니다."

    "솔직히 크게 기대는 하지 않는다오. 우리 아들을 생각하는 젊은이의 마음이 갸륵하고 고마워서 허락하는 것이오. 그럼 치료는 어디서 하는 것이 좋겠소? 아들이 머무는 곳은 2층이라서."

    "제가 2층으로 올라가죠."

    "그럼 따라오시오."

    응접실에 있던 세 사람이 저택의 2층으로 향했다.

                                    ✿

    아래층처럼 아늑하고 조용한 2층 실내의 분위기였다.

구 노인은 석기와 박창수를 아들 구민재의 방으로 이끌었다.

똑똑!

구 노인이 방문을 노크했다.

아무런 기척이 없자 구 노인이 방 안에 있는 아들에게 들으란 듯이 말했다.

"민재야, 손님이 오셨다. 너를 치료해 주려고 오신 분이다. 그러니 문을 좀 열어 봐라."

구 노인의 말에도 여전히 방에서 아무런 반응이 없자 뒤쪽에 서 있는 석기를 보기가 머쓱했던지 노인이 아들을 변호하듯이 나왔다.

"그동안 아들의 얼굴을 치료한답시고 많은 사람이 이곳을 다녀갔어요. 피부과 의사, 한의사, 심지어 마사지 숍에서도 여기에 출장을 왔죠. 하지만 그 누구도 아들의 얼굴을 치유하지 못했죠. 그런 상황이 거듭되니 녀석도 이제 더는 기대하지 않게 된 거죠."

말을 마친 구 노인이 쓸쓸한 표정으로 닫힌 방문을 쳐다봤다.

한집에서 아들과 함께 살고 있긴 했지만 구 노인이 아들에게 식사를 갖다줄 때만 잠깐 얼굴을 비칠 뿐이었다.

[쯧! 녀석이 어떻게 문을 열어야 치료를 받든지 할 텐데. 한번 고집을 부리면 워낙 황소고집이라…….]

구 노인의 속마음이 들렸다.

애가 타는 노인의 심정일 터.

이런 상황에서 억지로 구 노인의 아들에게 문을 열게 해 봤자 석기에게 더욱 반감만 사게 될 것이다.

"어르신, 제 친구랑 아래층에 내려가서 기다리고 있는 것이 좋겠어요. 제가 알아서 자제분을 설득시켜 볼 테니까요."

"……알았어요."

석기가 어떻게 아들에게 닫힌 방문을 열게 만들려는 지 궁금했지만 구 노인은 일단 석기의 말대로 박창수와 함께 아래층으로 내려갔다.

혼자 방문 앞에 남은 석기.

얼굴을 봐야 치료하든지 말든지 할 것이란 생각에 석기가 문에 노크했다.

똑똑!

여전히 아무런 반응이 없었다.

그럼에도 석기는 기죽지 않고 방 안에 있는 구 노인의 아들 구민재를 설득하고자 나왔다.

"구민재 씨! 안에 계시는 거 알고 있습니다. 그러니 제 말을 듣고 결정하도록 하세요. 저는 구민재 씨에게 억지로 치료를 권할 마음은 없습니다. 하지만 이것 한 가지는 확실히 알아 두세요. 제가 구민재 씨를 치료하려는 목적은 앞으로 구민재 씨와 할 사업이 있기 때문입니다. 구민재 씨에게 도움을 받으려는 이유로 성수란 귀한 치료제를 갖고 이렇게 찾아온 겁니다."

제법 길게 말했음에도 여전히 문이 열릴 기색이 없었다.

하지만 석기는 안에 있는 구민재가 듣고 있을 것이라 생각했기에 잠시 호흡을 가다듬고 다시 말을 이어났다.

"저 어르신과 구민재 씨 치료를 놓고 약속했습니다. 만일 구민재 씨를 제대로 치료하지 못 할 경우 야산에 지을 별장에 들어가는 자금을 제가 모두 지원해 드리는 걸로 말이죠. 그만큼 저로서는 구민재 씨 치료에 자신이 있기에 그런 약속을 한 겁니다. 그러니 속는 셈치고 문을 한번 열어 보시죠. 어차피 구민재 씨야 손해 볼 것도 없지 않습니까? 치료가 잘 되면 더없이 좋은 일이지만 안 될 경우에 별장을 공짜로 짓게 될 테니 말이죠."

확실히 이번 말에는 구민재도 호기심이 생겼는지 방문으로 다가오는 인기척이 느껴졌다.

딸칵!

방문이 열렸다.

하지만 방문만 열렸을 뿐 구민재는 뒤로 저만치 물러난 상태였다.

열린 문틈 사이로 보이는 방 안은 매우 어두컴컴했다. 지금 바깥은 환한 대낮이나 빛이 싫어서 암막 커튼을 쳐 놓은 모양이었다.

사실 구민재는 과거에 화상을 입어 얼굴이 흉물스럽게 생겨서 그렇지, 팔다리는 멀쩡했기에 움직이는 것은 전혀 지장이 없었다.

"그럼 안으로 들어가겠습니다."

석기가 어둠에 잠긴 구민재 방으로 한발 들어섰다.

벽에 스위치가 있을 터.

석기는 침을 꿀꺽 삼켰다.

처음 보는 석기에게 흉측한 얼굴을 보여 주는 것이 구민재로선 몹시 싫을 것이다.

하지만 어두운 실내에서 치료할 수는 없었기에.

"구민재 씨! 이런 상태로는 치료를 할 수 없으니 불을 켜도록 하겠습니다."

"……."

구민재가 아무런 말을 하지 않는 것에 석기는 긍정으로 여기고 벽에 있는 스위치를 더듬거리며 눌렀다.

탁!

방 안이 환해졌다.

그로 인하여 방 안의 구석에 우두커니 서 있는 구민재가 석기의 눈에 들어왔다.

"……!"

괴물과도 같은 구민재 얼굴이다.

얼굴의 절반이 소름이 오싹 끼칠 정도로 아주 흉하게 일그러진 상태였다.

얼굴만 저런 상태가 아니라면 체격도 건장했고 나이도 젊었기에 사회에 나가서 훌륭한 일꾼으로 제 역할을 했을 것이다.

석기가 구민재의 얼굴을 조용히 관찰하듯 주시하는 모습에, 구민재 눈빛에는 분노의 감정이 이글거렸다.

[괴물 같은 내 얼굴을 보니 욕지기가 튀어나올 것 같지? 너라고 별수 있겠어?]

구민재 속마음이 들렸다.

그의 심정이 이해되었다.

그동안 온갖 사람들이 치료해 주겠다는 명목으로 돈만 잔뜩 뜯어 갔을 것이다.

구민재의 흉측한 얼굴에 고개를 돌리거나, 아니면 억지로 참으며 치료가 끝나자 도망치듯이 내뺐을 것이다.

"상처가 심하긴 하네요."

"……?"

구민재의 눈빛이 움찔거렸다.

이제까지 구민재를 치료하고자 이곳을 찾아왔던 이들과는 전혀 다른 태도를 보이는 석기의 분위기 때문이었다.

괴물 같은 구민재 얼굴을 대하고도 석기는 대수롭지 않다는 기색으로 쳐다볼 뿐이었다.

사실 석기도 떨렸다.

성수로 구민재의 얼굴이 정말로 치료가 될지는 미지수였다.

하지만 석기는 믿기로 했다.

옹달샘에서 구슬을 발견한 것.

그것이 석기의 눈에 띈 것은 결코 우연이 아닐 것임을.

그리고 야산에 파묻혀서 죽었던 그가 이미 과학적으로 설명할 수 없는 회귀를 겪었고, 거기에다 사람의 속마음을 들을 수 있는 능력까지 생겼다.

"그럼 지금부터 치료에 들어가기 전에 구민재 씨에게 드리고 싶은 말이 있습니다."

"……."

"치료가 끝나서 얼굴이 정상으로 돌아올 경우, 제가 사용한 치료 방법에 대해서 사람들에게 비밀로 해 주시는 겁니다. 그걸 지킬 수 있다면 치료해 드릴 겁니다."

"하아!"

구민재가 어처구니가 없다는 기색으로 석기를 쳐다봤다.

구민재는 괴물 같은 얼굴을 치료만 해 준다면 비밀이 아니라 더한 것도 할 수 있는 심정이었다.

"그리고 한 가지가 더 있습니다. 아까 제가 문밖에서 했던 얘기입니다. 치료가 제대로 될 경우 구민재 씨는 앞으로 저를 위해서 일을 해 주셔야만 합니다. 물론 무보수는 절대 아니니 걱정 마세요. 일한 것에 대한 대가는 정당히 지불할 겁니다."

석기의 말에 구민재가 거머쥔 주먹을 부르르 떨어 댔다.

지금 석기는 구민재에게 엄청난 희망을 갖게 만들고 있었다.

만일 이것이 그를 놀리는 거라면 절대 석기를 용서할 수 없었다.

"구민재 씨, 요리사가 되기 이전에 모 화장품 회사에서 연구원으로 지내셨다고 들었는데 맞습니까?"

"그걸 어떻게……?"

본래 구민재는 석기의 말처럼 모 화장품 회사의 연구원이었다.

그러다 같은 연구팀 소속인 여자를 사랑하게 되었다.

구민재는 그녀와 결혼까지도 생각했다.

사실 구민재 집안도 그럭저럭 살고는 있었지만, 그녀는 결혼 상대로 구민재보다 더욱 돈이 많은 재벌 남자를 택했다.

구민재는 그것에 충격을 받아 연구원 일을 때려치우고 해외로 떠나게 되었고, 프랑스에서 요리사 자격증을 따게 되었다.

국내로 돌아온 구민재는 일류 호텔의 요리사로 취직했다.

그러던 어느 날 호텔에 외국의 귀한 손님이 방문했다는 것에 모든 요리사가 분주히 움직이게 되었다.

다른 요리사의 실수로 펄펄 끓는 기름이 구민재의 얼굴을 덮어 버리는 일이 벌어졌다.

그리고 결국은 이렇게 방구석에 처박힌 폐인이 되어 버렸다.

"저는 이걸로 구민재 씨를 치료할 생각이고, 제가 앞으로 설립하려는 화장품 회사에 구민재 씨를 영입할 생각입니다."

"……!"

석기의 말에 구민재가 심하게 동요를 보였다.

꿈과도 같은 일이다.

하지만 앞으로 벌어질 일이 결코 꿈이 아니라는 의미로, 석기는 구민재를 향해 자신감 넘치는 기색으로 생수병을 들어 보였다.

"이건 성수라고 합니다. 이 성수가 구민재 씨의 꿈을 이루어 줄 겁니다."

구민재 눈빛이 변했다.

꿈을 다시 꿀 수 있다는 것.

인간답게 살아갈 수 있다는 것.

더는 사람들을 피해 숨어 지내지 않아도 된다는 것.

자신이 누군가에게 필요한 존재가 된다는 것.

생각만으로 심장 박동이 쿵쿵거리며 뛰었다.

세상에 대한 분노로 이글거렸던 구민재 동공.

그곳에 이제 희망이라는 빛이 고이기 시작했다.

[제발 날 살려 줘! 나도 제대로 살고 싶어!]

구민재 속마음이 들렸다.

살려 달라고 울부짖고 있었다.

회귀 전에 구민재는 별장이 완성되던 날에 자살한다.

구민재가 원하는 것은 별장 같은 것이 아니었다.

폐인 같은 인생이 아니라 제대로 된 인생을 살고 싶었을 것이다.

"정말…… 희망을 가져도 될까요?"

괜한 기대 때문에 상처받을지도 모르지만, 상대는 이제까지 구민재를 치료하러 왔던 이들과는 다르다는 것에 석기를 믿고 싶었다.

"저는 제가 준비해 온 성수가 꼭 구민재 씨에게 새로운 삶을 갖게 해 줄 것이라 믿습니다. 그러니 구민재 씨도 성수를 믿어 보세요."

"성수를……."

구민재가 석기 손에 들린 생수병을 쳐다봤다.

신화에 등장하는 생명의 샘에서 떠 온 물은 죽은 사람도 살린다는 말이 있었다.

만일 저것이 그런 물이라면 얼마나 좋을까.

물론 세상에 그런 마법 같은 일은 없을 테지만.

구민재는 입술을 꽉 깨물었다 뗐다.

"성수를 믿어 보겠습니다."

석기가 가져온 성수를 믿어 보겠다는 구민재의 결연한 표정에 석기는 가슴 언저리가 뜨겁게 달아올랐다.

이번 생에선 구민재가 괴물 같은 얼굴을 비관하여 자살하는 일은 절대 벌어지지 않도록 하고 싶었다.

"일단 치료하려면 침대에 앉는 것이 좋겠네요."

"알겠습니다."

구민재가 침대에 걸터앉자 석기는 생각에 잠긴 눈빛으로 들고 있던 생수병을 쳐다봤다.

그동안 성수를 이용하여 여러 가지 실험을 해 본 결과, 성수를 마셔도 좋았고, 아니면 상처에 성수를 닿게 하는 방법도 효과가 있었다.

'나와 창수는 성수를 마신 것으로 효과를 보긴 했지.'

예전에는 사람들에게 특별한 인상을 주지 못했던 평범함에 가까운 석기의 분위기였다.

하지만 죽었다 살아난 후로 석기의 외모는 크게 달라졌다.

성수를 마신 결과였다.

야산에 파묻혔다 살아났더니 예전과 같은 얼굴임에도 이목구비가 살짝 업그레이드된 점도 있긴 했지만, 그것보다 가장 큰 변화는 피부가 몰라볼 정도로 좋아졌다.

누렇고 칙칙한 피부로 인하여 못생긴 얼굴이 아님에도 예전에는 한 번도 잘 생겼다는 소리를 듣지 못했다.

하지만 성수를 마시고 피부에 화색이 감돌고 윤기와 탄력이 생기자 거리를 지나가면 여자들이 돌아볼 정도의 미남으로 탈바꿈한 것이다.

또한 친구 박창수.

석기와는 다른 면에서 얼굴 피부에 심각한 문제가 있었다.

고등학교 시절에 여드름이 빽빽했던 박창수는 친구들 사이에서 '분화구'라는 별명까지 얻었을 정도였다.

성인이 되어서 여러 곳의 피부과를 다녀 봤지만 좀처럼 효과를 보지 못한 탓에 박창수도 자신의 피부를 체념하고 살았다.

그랬는데 석기가 준비한 30분짜리 성수가 들어간 믹스 커피를 마시고 다음 날 크게 효과를 보게 되었다.

'구민재 씨는 나와 창수와는 상황이 전혀 다르니 성수를 마시는 것과 얼굴에 성수를 직접 닿게 하는 두 가지 방법을 사용하는 것이 좋겠다.'

하지만 구민재를 치료하기 전에 양해를 구할 일이 한 가지 있었기에 석기는 생수병을 침대 옆의 협탁에 내려놓고 핸드폰을 꺼냈다.

"치료에 들어가기 전에 구민재 씨 얼굴 사진을 찍어도 되겠습니까?"

"사진이라고요?"

"불편하면 거부하셔도 됩니다."

사진을 찍으려는 이유.

치료 전과 후의 상태를 비교할 목적이었다.

하지만 석기는 구민재가 거부한다면 사진을 찍지 않을 생각이다.

석기가 생각해도 자신이 저런 얼굴이라면 결코 사진 찍는 것을 좋아할 리는 없을 테니까 말이다.

[정말 특이한 사람이군. 이제까지 누구도 내 앞에서 사진 찍자는 얘기를 꺼낸 사람이 없었는데.]

구민재 속마음이 들렸다.

석기 얼굴을 빤히 바라보던 구민재가 사진 찍는 것을 허락했다.

"찍고 싶으면 찍으세요."

"허락해 주셔서 감사합니다. 나중에 구민재 씨 치료가 끝나면 비교할 목적으로 찍는 사진이니 몇 장만 찍도록 하겠습니다."

석기가 핸드폰으로 구민재 얼굴을 찍었다.

찰칵찰칵!

구민재는 사진 찍는 것이 어색한 기색이나 묵묵히 사진 찍는 것을 참아 주었다.

석기로선 미안한 감정이 들었다.

하지만 인생은 파도와도 같았다.

지금 구민재는 당장은 흉측한 얼굴로 인하여 삶이 무의미하겠지만, 얼굴이 말끔히 치유된다면 또 다른 고민거리로 힘들어할 수도 있었다.

그럴 때 지금 찍은 사진은 구민재가 앞으로 살아가면서 난관에 부딪힐 때마다 용기를 북돋아 주는 일을 해 줄 거라 여겼다.

괴물처럼 살던 날도 있었는데.

그렇게 생각하면서.

씩씩하게 밝게 살아갈 수 있으리라 여겼다.

"그럼 치료를 시작하겠습니다."

석기가 핸드폰을 거두고 생수병을 열었다.

"성수를 절반은 마시는 것으로 치료할 것이고, 나머지 절반은 구민재 씨 얼굴에 뿌릴 겁니다. 드세요."

"……?"

구민재가 석기를 쳐다봤다.

너무도 간단한 치료방식에 살짝 어이가 없기는 했지만, 성수를 이용한 치료 방법을 얘기하는 석기의 태도는 매우 신중하고 진중해 보이기까지 했다.

정말로 성수로 구민재의 얼굴 피부를 고칠 수 있다고 단단히 믿고 있는 사람처럼 보였다.

구민재는 침을 꿀꺽 삼켰다.

여기서 더는 물러날 길도 없었다.

석기를 믿어 보기로 했다.

"알겠습니다."

구민재가 고갤 끄덕였다.

석기가 이걸 성수라고 했다.

그랬기에 구민재도 그걸 믿는 것이 좋았다.

[성수야, 잘 부탁한다!]

구민재 속마음이 들렸다.

너무도 간절한 심정일 터.

구민재가 성수를 마셨다.

꿀꺽꿀꺽!

절반가량 성수를 흡입한 구민재가 생수병에서 입을 떼었는데…….

[이게 뭐지? 정말 성수인가?]

구민재 눈빛이 크게 흔들렸다.

[세상에 태어나서 이런 물은 처음이야.]

입으로 마신 물임에도 산속의 청량한 옹달샘에 몸이 풍덩 잠긴 느낌이었다.

[너무 시원하고 기분이 좋아.]

구민재는 한쪽 얼굴에 심하게 화상을 입은 후로는 그쪽의 피부 감각을 전혀 느낄 수가 없었다.

피부가 괴사한 것이다.

그랬는데 감각이 사라진 피부가 마치 되살아나기라도 한 듯이 청량함이 느껴진 것이다.

기분이 너무 이상했다.

이런 기분을 느낀 것이 너무 신기하기만 했다.

스윽!

손으로 일그러진 뺨을 만져 봤다.

여전히 괴물처럼 흉측한 피부의 상태처럼 여겨졌는데 손
끝에 느껴지는 감각이 달랐다.

손의 온기를, 피부가 느끼고 있는 것이다.

[어떻게 이런 일이?]

화상을 입은 얼굴 반쪽 피부.

이제까지 만난 의사들은 하나같이 괴사된 피부였기에 영
원히 감각이 없는 상태로 살아야 한다고 했다.

그랬는데……

죽었던 피부에 감각이 돌아왔다.

'겉으로 보기엔 피부가 똑같은 상태처럼 보이지만, 죽었던
감각이 살아난 것이 분명해.'

구민재의 속마음.

그리고 구민재가 일그러진 뺨을 만지면서 보인 표정 변화
를 석기는 예리하게 관찰했다.

하긴 10일짜리 성수였다.

성수를 절반 마신 것.

그것이 죽어 버린 피부의 감각을 살리는 데 사용된 것이
분명했다.

사실 괴사된 피부에 감각이 돌아온 것은 분명 좋은 신호였
다.

만일 감각이 돌아오지 않고 겉으로 보이는 피부만 치유가 된 상태라면 그것도 큰 문제였다.

미관상 보기는 좋을지라도 감각이 살아나지 않는 상태라면 절반의 치유밖에 되지 못한 셈이다.

'그렇다면 남은 절반의 성수. 그것은 과연 어떤 효과를 줄까.'

석기는 흥분된 감정을 억눌렀다.

괴사된 피부의 감각을 살아나게 만들었지만 표면적으로는 여전히 구민재의 얼굴은 괴물과도 같았다.

이제 다음 치료가 남았다.

"남은 성수로는 피부에 직접 닿도록 뿌릴 생각입니다. 그러니 침대에 눕는 것이 좋겠군요."

"알겠습니다."

구민재가 침대에 누웠다.

피부 감각이 돌아왔다는 것에 구민재는 석기의 말을 절대적으로 신뢰하는 분위기였다.

"시작하겠습니다."

"네에."

구민재가 눈을 꼭 감았다.

사람 욕심이란 것이 끝이 없는지.

괴사된 피부에 감각이 돌아오자 이제는 일그러진 피부가 말끔히 치유되는 것을 바라고 있었다.

"성수를 뿌리겠습니다."

석기는 남은 성수를 가지고 구민재의 흉측하게 일그러진 한쪽 얼굴에 조심스레 뿌리기 시작했다.

자못 긴장되는 순간이었다.

이번에도 성수가 효과를 보여 줄지는 미지수였지만, 이미 한번 보여 준 기적에 석기는 성수를 믿었다.

그런데 신기한 일이 벌어졌다.

'성수가 피부 속으로 빨려 들어가고 있어.'

구민재가 누운 상태였기에 성수를 얼굴에 뿌리면 턱을 타고 줄줄 흘러내릴 것이라 생각했는데.

전혀 그렇지가 않았다.

뿌리는 성수들이 그대로 일그러진 피부 속으로 흡수되어 버렸다.

마치 마른 모래에 물이 스며들 듯이 감쪽같이 성수가 피부 속으로 스며들어 갔다.

그렇게 성수가 한 방울도 턱으로 흘러내리는 일이 없이 죄다 일그러진 피부 속으로 흡수되었다.

'과연?'

석기는 빈 생수병을 옆의 협탁에 내려놓고는 떨리는 눈으로 구민재의 얼굴 변화를 관찰했다.

바로 그때였다.

부글부글!

피부에 변화가 생겼다.

일그러진 피부에 거품이 부글거리며 일어나고 있었다.

저건 피부 속으로 흡수된 성수의 영향이 분명했다.

마사지를 받듯이 일그러진 피부가 계속에서 거품을 부글거리며 뿜어내고 있었다.

"하아!"

이런 변화에 구민재도 느낌이 오는지 거머쥔 양 주먹이 부르르 떨리고 있었다.

혹시 통증을 느껴서 저러는 건 아닌지 걱정이 되었기에 석기가 얼른 구민재에게 물었다.

"구민재 씨! 혹시 아프세요?"

"아프지 않아요. 오히려…… 너무 시원하고 기분 좋아요."

"시원하고 기분이 좋다고요?"

"네! 황홀할 정도로 좋아요!"

황홀할 정도로 기분이 좋다니 나쁜 현상은 아님이 분명했다.

그러던 바로 그때였다.

부글거리던 거품이 멈추었다.

대신 정체를 알 수 없는 시커먼 물질이 성수를 뿌렸던 피부에 얼룩처럼 잔뜩 쌓여 있을 뿐이었다.

"구민재 씨! 잠시 기다려 주세요. 얼굴에 묻은 것을 닦아 내야겠어요."

석기는 티슈를 이용하여 구민재 얼굴에 들러붙은 시커먼 얼룩 같은 물질을 열심히 닦아 냈다.

얼룩이 지워질수록 맨피부가 드러났는데 뭔가 이상했다.

뽀득뽀득!

아기 피부와도 같은 느낌.

괴물 같은 피부가 더는 아니었다.

성수가 제대로 효과를 본 것임을.

'대박!'

눈으로 보고도 믿을 수 없었다.

마법과도 같은 일이 벌어졌다.

"어, 어떻게 되었나요?"

너무 놀라서 입이 떡 벌어진 석기의 모습에 구민재가 불안한 눈빛으로 물었다.

"맞다! 거울!"

그제야 정신을 차린 석기.

잽싸게 방 안을 이리저리 둘러봤지만 거울로 보이는 물건이 보이지 않았다.

하긴 이해는 되었다.

그동안 괴물 같은 얼굴로 살아온 구민재로선 거울에 비친 자신의 얼굴을 보는 것이 싫었을 것이다.

"구민재 씨! 얼른 앉아 봐요!"

"네에?"

"빨리요."

"······!"

석기의 재촉에 얼른 누웠던 몸을 일으킨 구민재는 자신을 향해 핸드폰을 들이댄 석기를 당황하여 쳐다봤다.

찰칵찰칵!

이번엔 구민재에게 양해를 구하지 않고 사진을 찍었다.

그렇게 사진 찍기가 끝나고.

"자! 보세요! 이게 구민재 씨 얼굴입니다! 아까 치료를 받기 전과 후의 사진을 한번 비교해 보세요! 완전 대박입니다! 하하하!"

잔뜩 흥분한 석기가 구민재에게 핸드폰을 내밀었다.

"자세히 확인해 보세요."

구민재가 떨리는 손길로 핸드폰을 받았다.

치료 전과 후의 사진.

그걸 확인하던 순간.

구민재 뺨 위로 눈물이 흘러내리고 말았다.

얼마나 염원했던 일인가.

도저히 믿기지가 않았는지.

"지금······ 실화 맞습니까?"

"네! 지금 실화 맞습니다!"

차로 사고 집도 사다

석기가 아래층으로 내려왔다.

저택의 응접실에서 기다리고 있는 박창수와 구 노인이었다.

구민재를 치료한 시간.

정작 30분도 걸리지 않았다.

하지만 구민재가 치료받도록 회유하는 데 들인 시간까지 합치다 보니 어느새 1시간이 훌쩍 지나 버렸다.

드르륵!

석기가 응접실 안으로 들어섰다.

초조한 기색으로 입구를 바라보고 있던 두 사람이 안으로 들어선 석기의 모습에 앉은 자리에서 벌떡 일어섰다.

"어, 어떻게 되었어?"

"우리 민재는 어떤가요?"

박창수와 구 노인이 석기 얼굴을 빤히 쳐다봤다.

구민재를 치료한다고 들고 갔던 성수가 석기 손에서 사라진 것이다. 이건 구민재의 치료가 끝났다는 것을 의미했기에 두 사람은 결과가 너무 궁금해서 참을 수가 없었다.

[제발 민재가 상처받지 말아야 할 텐데.]

구 노인의 속마음이 들렸다.

아들에 대한 염려로 속이 바싹 타 버린 노인일 터.

[석기가 저런 표정을 짓는 걸로 보아선 치료가 잘된 모양이다.]

박창수 속마음도 들렸다.

석기의 표정을 살피듯 쳐다보던 박창수는 치료가 좋게 끝난 것을 눈치채고 내심 안도하는 기색이었다.

"들어오세요, 구민재 씨!"

석기가 뒤를 돌아다 봤다.

석기를 따라서 아래층으로 내려온 구민재였다.

함께 등장하는 것보다는 구민재를 뒤에 등장시키는 것이 보다 긴장감을 조성할 것이라 여겨 일부러 이런 행동을 취한 것이다.

하지만 구 노인의 애타는 표정을 보자 더는 뜸을 들이기가 뭣했다.

"……아버지!"

구민재의 등장에 구 노인의 눈동자가 확 커졌다.

얼굴이 괴물처럼 되어 버린 후로는 웬만해선 아래층으로 내려오는 법이 없던 아들이 응접실에 내려온 것도 신기한 일인데, 그것보다 더욱 엄청난 일이 벌어진 것이다.

"우리 민재 얼굴이…… 허어!"

구 노인의 입이 떡 벌어졌다.

눈으로 보고 있는데도 믿기지 않았다.

아들의 흉측하게 일그러졌던 한쪽 얼굴.

의사들도 죄다 고개를 젓던 아들의 상태였다.

그런 아들 얼굴이 자연스럽게 펴져 있다.

피부도 전혀 흉한 구석을 찾아볼 수 없었다.

너무 자연스러워 도저히 믿기지 않았기에.

[이게…… 꿈인가, 생시인가.]

구 노인의 눈가가 축축하게 젖었다.

사랑하는 아들 얼굴이 화상을 당하기 전으로 돌아왔다.

정상적인 모습을 되찾은 아들 모습에 가슴이 벅차올랐다.

이제 구 노인은 죽어도 여한이 없었다.

살아생전에 아들의 저런 모습을 봤으니.

[꿈이라면 절대 깨지 마라.]

오죽하면 속으로 간절히 빌기까지 했다.

생생한 아들 모습은 분명 실화였지만.

정상적인 아들 얼굴이 아직도 잘 적응되지 않았다.

혹시 이게 꿈이 아닌지 싶을 정도였다.

하지만 눈앞의 아들은 결코 꿈이 아님을 알고 있기에.

"민재야!"

"아버지!"

벅찬 감동에 구 노인이 구민재에게로 달려가 아들의 얼굴을 이리저리 쓸어 보고 만져 보더니, 그만 아들을 부둥켜안고는 기쁨의 눈물을 펑펑 쏟아 냈다.

그동안 괴물처럼 변해 버린 아들의 얼굴로 인하여 살아도 사는 것 같지 않고 얼마나 마음고생이 심했던가.

그런데 지금 그것이 한 방에 녹아 버렸다.

"이제 되었다! 이제 되었어! 우리 민재가…… 이제 되었어! 으흐흑!"

"아버지! 그동안 저 때문에 고생 많으셨어요! 앞으로…… 저 정말 아버지께 잘할게요! 으흐흑!"

구민재 역시 아버지 구 노인의 품에 안겨 벅찬 감동에 눈이 벌겋게 되도록 눈물을 정신없이 쏟아 냈다.

그동안 삶이 너무 무의미했다.

투정을 부릴 사람도 아버지뿐이라 본의 아니게도 나이 드신 분을 괴롭게 만들었다.

그만큼 사는 것이 지옥 같았기에.

하지만 이제 지옥에서 벗어나게 된 것이다.

[와 씨! 완전 감동이네! 구민재 씨 얼굴이 하도 끔찍한 상태라고 해서 성수로 치료가 될까 싶었는데……. 진짜 너무 잘되었다! 근데…… 나 왜 이렇게 눈물이 나오는 거지. 기분 열라 좋다! 우리 석기 최고! 최고! 성수 짱! 짱!]

박창수의 속마음이 들렸다.

역시 선한 성품답게 박창수는 구민재의 얼굴이 치료가 된 것을 진심으로 축하해 주었다. 이따가 구민재 씨 치료 전의 얼굴 사진을 보여 주면 박창수는 기적이라고 여길 수도 있었다.

'구민재 씨! 이제 꽃길만 걷게 될 겁니다.'

석기도 기분이 너무 좋았다.

너무 기뻐서 눈물을 쏟아 내는 부자의 모습에 그 역시도 눈가가 축축하게 변한 상태였다.

잠시 후.

부자의 격했던 감정이 어느 정도 추스르고 나자 다들 소파로 자리하게 되었다.

"선생님! 정말 감사합니다! 우리 민재를 치료해 주신 은혜는 평생 잊지 않겠습니다. 약소하지만 약속대로 야산을 선생님께 그냥 드리도록 하겠습니다."

구 노인이 석기를 부르는 호칭이 '젊은이'에서 '선생님'으로 격상되었다.

괴물 같던 구민재를 정상으로 만들어 놓은 석기였기에 구 노인의 입장에선 더없는 은인처럼 여겨지고 있었다.

"야산을 제게 내주신다니 감사하게 생각합니다. 하지만 그냥 받기는 그러하니 절반 가격에 매입하도록 할게요."

야산이 꼭 필요한 석기였다.

석기가 가져온 성수로 구민재를 성공적으로 치료해 주기는 했지만, 그렇다고 공짜로 야산을 넙죽 받는 마음이 편치 못했다.

사실 죽었던 석기가 이렇게 회귀를 한 것도 바로 구 노인의 야산으로 인해서였기에 그도 혜택을 본 셈이었다.

"선생님, 우리 민재를 이렇게 완벽하게 치료해 준 것만으로도 솔직히 야산이 아니라 더한 것도 드리고 싶은 심정입니다! 그러니 제발 우리 민재 치료비라 여기시고 야산을 받아주세요. 그렇지 않으면 저는 은혜도 모르는 짐승과도 같은 존재가 되는 겁니다."

구 노인의 말에 구민재가 얼른 부친을 돕고자 나섰다.

"그렇게 하세요. 선생님이 자꾸 거절하시면 우리 아버지 마음이 불편할 겁니다. 그리고 실은 저도 그렇고요. 야산이 선생님께 필요하시다니 그나마 다행입니다."

구민재도 이제 석기를 선생 대우를 해 주었다.

나이는 어려도 자신을 구해 준 고마운 석기였다.

'이렇게 나온다면 거절도 미덕은 아니겠군.'

하긴 10일짜리 성수였다.

성수를 돈으로 환산하기는 어려웠다.

하지만 괴물 같은 얼굴을 정상으로 돌려놓았다.

야산 정도는 꿀꺽해도 심하지 않을 것이다.

그리고 석기가 야산을 취하는 것이 오히려 부자의 마음을 편하게 만들어 주는 셈이 될 터. 지금 저들은 어떤 것이라도 석기에게 주고 싶을 테니 말이다.

"좋습니다! 그럼 야산을 제가 넘겨받는 거로 하죠."

"정말 잘 생각하셨습니다! 허허허! 내일 제가 아는 변호사를 통해 문제가 없도록 매매계약서를 작성해서 선생님께 야산을 넘기도록 하겠습니다. 야산 초입 부근은 건축 허가도 떨어진 상황이니 나중에 그곳에 저택을 지어서 별장으로 사용하셔도 아주 좋을 겁니다."

"감사합니다. 실은 제가 야산을 매입하려던 것은 그곳을 이용하여 사업을 할 생각이었습니다. 초입에 별장이 있다면 편하게 쉬어 갈 수도 있고 잘되었네요."

"허허허! 야산에 별장을 짓게 되면 여기도 자주 놀러 오시면 되겠습니다."

"어르신께 폐가 되지 않는다면 그러겠습니다."

"허허허! 폐라뇨? 당치않습니다! 앞으로 선생님은 저희에게 있어서 평생 고마운 은인이십니다."

구 노인은 석기가 야산을 받겠다는 것에 은혜를 입은 것에 대한 짐을 약간이나마 내려놓았다는 생각인지 몹시 기뻐했다.

사실 회귀 전, 구 노인은 아들 구민재가 별장이 완성되던 날에 자살한 것에 시름시름 앓다가 그다음 해에 세상을 떠나고 말았다.

어찌 보면 성수가 두 사람을 살렸다.

이번 생에선 두 사람이 행복하게 살 것이다.

"어르신! 구민재 씨를 치료한 것에 대해서 어르신께 한 가지 당부를 드리고 싶은 것이 있습니다."

"얼마든지 말씀하세요."

"제가 성수로 구민재 씨 얼굴을 치료해 준 것을 다른 사람들에게는 비밀로 해 주셨으면 합니다."

"비밀로요?"

"성수는 앞으로 제가 하려는 사업에 아주 중요한 비중을 차지하게 될 겁니다. 하지만 성수를 만드는 비법은 저만 알고 있는 비밀이기도 하고, 무엇보다 그걸 저는 세상에 공개할 마음이 없거든요. 그런데 구민재 씨를 치료한 것이 성수의 힘이라는 것이 알려지면 제가 하려는 사업에 차질을 빚을 우려가 큽니다. 이번 경우는 특별한 경우라 고농축 성수를 사용했지만, 사업적으로 사용되는 성수는 아주 작은 양이 첨가되는 것이라서 말이죠. 그래서 비밀을 지켜 달란 거고요."

석기의 말을 들은 구 노인이 수긍하는 눈치였다.

한 방에 아들을 치료해 준 성스러운 물이었다.

그런 성수가 세상에 밝혀진다면 그걸 노리는 사람들이 생길 터.

그렇게 되면 석기의 말대로 사업에 차질이 생길 것은 뻔했다.

"무슨 말씀인지 잘 알겠습니다. 우리 민재가 성수로 치료받은 사실에 대해선 저도 그렇지만 민재도 죽을 때까지 함구할 겁니다. 그리고 앞으로 선생님이 하시는 사업이 번창하기를 바랍니다."

"이해해 주셔서 감사합니다, 어르신! 그리고 이건 차차 말씀드리려 했는데 상황이 이러니 지금 말을 드리는 것이 좋겠네요. 앞으로 제가 하려는 사업에 구민재 씨의 도움이 필요합니다."

"우리 민재가 선생님 사업에 필요하다고요?"

"네, 그렇습니다. 저는 제가 만든 성수를 화장품과 샘물 사업에 적용시킬 생각입니다. 앞으로 야산의 옹달샘은 성수를 은폐하기 위한 용도로 필요하고요. 성수의 비밀을 밝힐 수는 없지만, 그래도 성수를 연구하는 일은 가능할 겁니다. 그런 점에서 과거에 화장품 연구소에서 일을 한 적이 있던 구민재 씨는 저의 훌륭한 조력자가 되어 줄 것이라 믿습니다."

석기의 말을 들은 구 노인이 아들을 힐끗 쳐다봤다.

어릴 때부터 천재성을 타고난 아들은 하나에 꽂히면 그것만 파고드는 성격이었다.

아들이 가장 좋아했던 것이 바로 무언가를 파악하고 연구하는 일이었다.

심지어 과거의 한때 모 화장품 회사에 연구원으로 지내기까지 했다. 그곳에서 최고 우수한 인재로 뽑혀 칭찬이 자자했다.

하지만 연구소에서 사귀었던 여자가 다른 남자와 결혼해 버린 것에 충격을 받은 아들은 그 좋아하던 연구를 그만두고 해외로 떠나 버렸다.

구 노인은 그때의 일을 두고두고 후회했다.

그때 아들을 잡았더라면, 국내에 계속 붙어 있게 했더라면, 아들은 요리사가 되지 않았을 테고, 그러면 아들은 얼굴에 흉측한 화상을 입지도 않았을 것이란 생각에 땅을 치면서 후회했다.

그랬는데 이제 아들에게 또다시 기회가 찾아왔다.

"민재 너는 어떻게 생각하니? 다른 것은 몰라도 화장품 회사에서 연구했던 너니까 선생님 사업에 도움이 되긴 하겠구나."

구 노인은 구민재가 석기 사업을 도와주는 것을 찬성하는 눈치였지만.

[나도 신 선생님을 도와주고 싶지만…… 내가 잘할 수 있을까.]

구민재 속마음이 들렸다.

앞으로 제대로 인생을 살고 싶었다.

하지만 석기의 일을 도와준다고 나섰다가 괜히 민폐를 끼칠까 우려가 되었다.

"구민재 씨! 지금부터라도 얼마든지 다시 시작할 수 있습니다. 그동안 힘든 시기를 거친 것에 대한 보상으로 앞으로 꽃길만 걸을 일만 남았습니다. 그러니 용기를 내서 저를 도와주세요. 특히 구민재 씨를 치료해 준 성수를 이용하여 화장품을 만들 생각입니다. 저는 그 일에 누구보다 구민재 씨가 적격이라고 봅니다."

석기 말에 구민재 눈빛이 호기심으로 반짝였다.

연구를 좋아했던 구민재의 열정이 식지 않았다.

여전히 가슴 깊숙한 곳에서 깊이 갈망하고 있었다.

[성수. 그걸로 화장품을 만들면 어떤 기분일까?]

구민재의 심장이 격하게 두근거렸다.

✤

구 노인의 저택에서 나온 석기.

야산도 공짜로 생기게 되었고, 거기에 앞으로 사업에 필요한 중요한 인재도 얻었다.

"그만 가 보겠습니다, 어르신!"

"하하! 저도 잘 쉬다가 갑니다!"

석기와 박창수가 구 노인을 향해 꾸벅 인사를 했다.

구 노인이 저녁을 먹고 가라고 붙잡았지만 부자가 오붓하게 얘기를 나눌 시간이 필요했기에 그만 돌아가는 것이 좋았다.

"내일 야산 매매계약서에 도장 찍으려면 또 와야겠네요."

"당연하죠. 즐거운 마음으로 방문하겠습니다."

석기는 구 노인을 향해 환하게 웃어 주었다.

야산이 공짜로 생기게 되었는데 몇 번이고 기꺼이 즐거운 마음으로 이곳을 찾아올 수 있었다.

야산 초입에 별장이 아직 건축되지 않은 상태라서 야산 가격만 놓고 보면 큰 액수는 아니었지만, 야산은 돈으로 비교할 수 없는 소중한 곳이었다.

석기를 살려 준 곳이었고, 이번 생에선 석기를 찐 부자로 만들어 줄 곳이기도 했다.

그리고 이렇게 야산으로 인해 구 노인과 구민재와 인연을 맺게 되었으니 더욱 기쁜 일이었다.

석기는 구 노인과 인사를 마치자 대문 밖까지 함께 따라 나온 구민재에게로 고갤 돌렸다.

"구민재 씨! 사업을 시작하며 곧장 합류할 수 있도록 그동안 체력을 보충하는 것에 신경 써 주세요. 아주 빡세게 굴려 먹을 테니까요."

"알겠습니다, 대표님!"

구민재는 석기에 대한 호칭이 '선생님'에서 이제는 '대표님'으로 다시금 변경되었다.

앞으로 석기 밑에서 일하게 된 것이니 대표라고 부르는 것이 맞기도 하지만, 구민재로선 나름 사회에 뛰어들 각오를 다지려는 의도에서였다.

부르릉!

석기와 박창수가 탄 차가 시야에서 사라졌음에도 구 노인과 구민재는 한참 동안이나 대문 앞에 서 있었다.

그런 두 사람의 표정은 이제 아무런 근심 걱정이 없이 너무도 밝고 행복해 보였다.

특히 구민재는 앞날에 대한 희망으로 가슴이 자꾸만 두근거려 그걸 참느라 애를 먹고 있었다.

한편, 돌아가는 차 안.

조수석에 앉은 박창수는 석기가 구민재를 치료하느라 2층에서 열일하는 동안 구 노인과 이것저것 나눈 얘기가 많다 보니 그것에 대해 썰을 풀어놓기 시작했다.

"석기 너 천운그룹이라고 알지?"

"그야 알고 있기는 하지만 지금은 사라진 회사 아냐?"

"그곳 좀 이상하지 않냐. 국내에서 유망 기업으로 알려진 그곳이 어느 날 갑자기 어처구니없게 명성금융에 인수합병 당했으니 말이지."

"그렇긴 해. 게다가 명성기업의 뒷배가 바로 명성금융이 잖아. 명성금융은 결국 천운그룹을 홀라당 집어삼켜 그리 크게 된 거고."

명성금융.

그곳은 오장환 회장의 처가였다.

예전에는 감히 재벌 축에 들지도 못했던 명성금융이 오늘날 국내에서 손가락에 꼽히는 현금 부자로 자리매김하게 된 것도 모두 천운그룹 덕분이라고 보면 되었다.

"갑자기 왜 천운그룹 얘기를 꺼낸 거야?"

"실은 어르신이 과거에 그 천운그룹의 비서실장이었대."

"어르신이 천운그룹의 비서실장?"

"정말 대단하지? 범상치 않은 인물처럼 보이더니 역시 숨은 한 수가 있었어."

구 노인이 천운그룹의 비서실장을 지냈다는 사실에 크게 놀랍기는 했지만, 다른 한편으론 천운그룹의 갑작스러운 몰락이 석기로선 이해가 가지 않았다.

"그토록 잘나가던 천운그룹이 왜 그렇게 몰락한 걸까?"

"어르신 말로는 천운그룹의 회장 부부가 교통사고로 죽고 나서 그렇게 된 거라고 하더라고."

"천운그룹의 회장 부부가 교통사고로 죽었다고?"

석기는 이상하게 기분이 좋지 않았다.

천운그룹의 회장 부부가 그와 아무런 연관도 없는 사람인데 말이다.

"어르신은 교통사고가 의도된 사고였다고 생각하는 눈치더라고."

"그럼 누가 회장 부부를 일부러 죽였다는 거야?"

"그때 당시 천운그룹에서 주관하던 중요한 프로젝트가 있었나 봐. 어르신 말을 들어 봐도 그렇고, 내 생각에도 회장 부부가 죽게 된 원인이 어쩌면 프로젝트와 연관이 있지 않을까 싶어."

석기의 눈빛이 빛났다.

"어떤 프로젝트였는데?"

"나도 궁금해서 어르신께 물어봤는데 프로젝트의 자세한 내용까지는 모르나 봐. 회장하고 부인이 단둘이 연구하던 프로젝트로, 회사에서도 특급 기밀로 취급하여 직원들에게도 비밀로 했던 모양이야."

"그럼 회장 부부가 죽고 나서 어르신은 비서실장 자리에서 물러난 건가?"

"그렇다고 하더라고. 회장 부부가 세상을 떠나고 나서 어르신은 지금 사시는 곳으로 내려왔대. 근데 있지. 여기서 더욱 중요한 사실은 바로 회장 부부의 아들이야."

박창수의 말에 석기의 귀가 쫑긋거렸다.

"회장 부부 아들도 죽은 거야?"

"그건 아닐 거라고 하는데. 하지만 어르신도 크게 장담을 못 하는 분위기로 봐서는, 회장 아들이 살아 있을 확률이 거의 없다고 봐야 할 거야."

"회장 아들은 어떻게 되었기에 살았는지 죽었는지도 모른다는 거야?"

"납치당했다고 하더라고."

"납치?"

"그때 당시 회장 아들의 나이가 다섯 살 꼬맹이였는데. 회장 부부가 그렇게 죽은 것도 납치한 사람을 만나러 가는 길에 봉변당한 거라고 하더라."

구 노인에게 들은 썰을 풀고 있는 박창수 표정이 울적해 보였다.

인간적으로 너무 심한 내용이다.

석기도 얘기를 듣고 나서 기분이 이상하게 착잡했지만 천운그룹에서 진행했던 프로젝트가 자꾸만 신경이 쓰였다.

"그럼 회사에서 진행하던 프로젝트는 어떻게 된 거지?"

"회장 부부가 핵심 키워드를 갖고 있었던 모양이야. 그것도 모르고 부부를 죽게 만들었으니 흐지부지되었나 봐. 결국 그 프로젝트가 회장 부부와 아들까지 죽인 셈이지."

"사람을 죽일 정도로 탐을 낼만큼 아주 대단한 프로젝트였던 모양이군. 그걸 보면 어르신도 안 됐네. 모시던 상전이 억울하게 눈을 감았으니. 거기에 회장 아들까지 아직도 행방이 묘연한 모양이고."

"회장 아들이 살아 있다면 딱 우리 또래라던데."

"납치범들은 아이를 절대 살려 두지 않았을 거야."

"내가 생각해도 그래."

잠시 신호 대기로 차를 정지했다.

불현듯 구 노인의 저택 응접실에서 봤던 사진 액자가 떠올랐다.

옹달샘에서 찍은 아이들.

큰아이는 구민재가 분명했다.

하지만 작은 아이는 왠지 구 노인의 자식이 아닐 것이라는 느낌이 강하게 들었다.

'그걸 물어본다는 것을 깜빡했네.'

하긴 석기가 구민재를 치료하고 나서 감격해서 눈물을 쏟아 내느라 정신이 없던 부자의 분위기였고, 그 후로는 이 것저것 두 사람과 할 말이 많다 보니 그만 사진에 대해 깜빡했다.

그때 차가 막 출발하려는데 박창수가 갑자기 석기에게 말하지 않은 것이 있었던지 손뼉을 치며 말했다.

"아, 맞다! 응접실에 있던 사진!"

"응?"

"두 사람, 형제 아니래."

"형제가 아니라면……?"

"둘이 너무 닮지 않아서 어르신께 물어봤더니 작은 아이가 바로 천운그룹 회장의 자식이었어."

"그 아이가 천운그룹 회장 아이?"

"그래, 어쩐지 아이 옷차림새도 그렇고 얼굴도 귀티가 나게 생겼더니 회장 아들이었어."

"그럼 혹시 그 사진이 납치되기 전에 찍은 사진인가?"

사진에 찍힌 작은 아이.

대략 다섯 살 정도로 보였기에.

"그런가 봐. 아이가 어르신 본가에 있던 야산의 옹달샘을 꽤 좋아했다고 하더라고. 회장 부부도 어르신을 신뢰하고 있었고, 어르신도 마침 회장 아들보다 다섯 살 차이 나는 아들도 있고 해서 종종 본가에 내려갈 때 둘을 데리고 놀러 가곤 했나 봐. 그런데 하필 그곳에서 사진을 찍고 나서 다음 날 아이가 집에 돌아갔는데 납치가 되었나 봐. 응접실에 그 사진을 놔둔 것도 혹시나 어르신 저택을 방문한 사람들이 사진을 보고 아이를 찾는데 도움이 될까 싶어서 여태까지 그곳에 계속 놔둔 모양이더라."

"……그런 사연이 있었군."

박창수 말에 그제야 응접실에 있던 사진에 대한 이해는 되었지만 기분이 뭔가 이상했다.

마치 보육원에서 지낼 당시 그를 버린 부모를 떠올리려 치면 머릿속이 하얗게 변하며 안갯속에 갇힌 막막한 기분이 들었는데, 지금도 뭔가 모르게 한 치 앞을 분간 못할 막막함이 느껴졌다.

　'왜 이런 기분이 드는 걸까.'

　뭔가 모르게 서럽고 억울하고 슬펐다. 그 아이가 석기는 아닐진대 이런 감정을 느끼는 것이 우스웠다.

　그 아이는 죽었을 것이다.

　회장 부부를 교통사고로 위장하여 죽게 만든 이들이 납치한 아이를 살려 둘 이유가 없었다.

　"그건 그렇고. 과거에 명성금융에서 천운그룹을 집어삼킨 것이 아무리 생각해도 납득이 안 돼. 명성금융보다 덩치가 더 큰 천운그룹을 명성 혼자서 처리한다는 것. 힘이 센 조력자가 있지 않고선 불가능한 일이라고 생각해."

　"힘이 센 조력자?"

　"프로젝트가 탐이 난 누군가 그걸 꿀꺽할 생각에 명성금융을 밀어준 걸 수도 있잖아."

　박창수 눈빛이 빛났다.

　"그렇다면 혹시 정부에서?"

　"어쩌면 그럴 확률도 커. 정부의 관여가 있었다면 몰랐을까. 아니면 천운그룹이 그렇게 하루아침에 몰락한 것이 설명이 안 돼."

"하긴 정부에서 밀어준 것이라면 얘기가 되긴 하네. 그리고 정부도 구설수에 오를까 싶어 혼자 한 것이 아니라 대기업 몇 곳과 손을 잡고 한 짓일 수도 있고. 그러다 결국 원하던 것을 손에 넣지 못한 정부가 입막음 조로 관여한 기업들에게 천운그룹을 찢어발기듯이 나눠 주는 바람에 그렇게 하루아침에 그곳이 몰락한 걸 수도 있겠네. 물론 그중에서 가장 정부의 편에 앞장섰던 명성금융이 가장 큰 혜택을 본 셈이겠지만. 어때? 나의 분석?"

박창수 장점은 회계에 특화된 점도 있지만 사건의 본질을 꿰뚫는 분석력이 뛰어난 점도 있다.

"그럴싸하네."

"그치? 내가 생각해도 난 소설가를 했으면 딱 어울릴 듯싶지?"

석기가 피식 웃어 주었다.

"그걸 보면 참으로 인연이 묘하긴 하네. 명성을 나온 우리가 천운그룹 비서실장을 지냈던 어르신과 친분을 나누게 되었으니. 그리고 거기에 구민재 씨까지 우리 사업에 합류하게 되었고."

"맞아. 하여간 어르신을 생각해도 그렇고, 앞으로 우리가 할 사업을 생각해도 이제부터 명성은 우리에게 적이야 적!"

석기는 박창수 말에 대답 대신 고개를 끄덕여 주었다.

회귀 전에 오장환과 오세라에게 당하여 야산에 파묻혔던

그로선 명성은 철천지원수나 진배없다.

❀

석기 원룸.

박창수와 헤어지고 원룸으로 돌아온 석기는 목이 말랐기에 냉장고를 열었다.

쪼르륵!

생수를 머그잔에 따랐다.

품 안에 간직하고 있던 구슬.

집안에 놓고 다녔다가 잃어버릴 수도 있었기에 외출 시에 구슬을 소지하고 다녔다.

첨벙!

머그잔 속에 구슬을 집어넣었다.

1분짜리 성수.

비록 짧게 구슬이 들어간 물이나 그냥 물 보다는 훨씬 좋았기에 식수 대용으로 사용하기에 아주 그만이었다.

꿀꺽꿀꺽!

구슬을 집어넣은 상태로 석기는 물을 마시기 시작했다.

성수를 맛본 후로는 그냥 물은 입에 대기가 싫었다.

물맛이 확연이 달랐다.

시원하고 맛있다.

그리고 물맛도 좋지만 쌓인 피로를 한 방에 날려 주기까지
했다.

다방면에 효과가 좋은 성수였다.

'내가 성수 마시는 맛으로 산다.'

솔직히 성수에 푹 빠져 버렸다.

마시면 마실수록 몸에 좋은 성수.

흐뭇한 표정으로 석기는 머그잔에 남은 물이 얼마 되지 않
았기에 단숨에 마시고자 입안에 남은 물을 털어 넣게 되었는
데.

"헉!"

머그잔 바닥에 가라앉았던 구슬.

그것이 덜컥 입속으로 빨려 들어오는 바람에, 어어 하는
사이 엉겁결에 그만 물과 함께 구슬을 삼켜 버리고 말았다.

"크, 큰일 났다!"

석기의 안색이 하얗게 변했다.

앞으로 사업에 필요한 구슬이다.

성수를 이용하여 화장품과 샘물 사업에 뛰어들어 명성의
오장환에게 복수해 줄 생각이었다.

하지만 구슬이 사라지면 말짱 무용지물이 될 것이다.

급기야 석기는 손가락을 입안에 집어넣고 강제로 구슬을
토해 내고자 애를 썼다.

그렇게 한참을 컥컥거리며 애를 썼지만 이미 목구멍으로

넘어간 구슬은 식도를 타고 위장까지 들어갔는지 요지부동이었다.

'이제 어떻게 해야 하지?'

석기는 머릿속이 멍해졌다.

구슬을 삼키게 될 줄은 그도 꿈에도 생각지 못한 일이었기에.

별별 생각이 다 떠올랐다.

물론 구슬을 꺼낼 방법은 있었다.

최악의 경우에는 수술을 받아서 위장에 들어간 구슬을 꺼내는 방법도 있었고, 그것보다 좀 더 쉬운 방법은 구슬이 변을 통해서 나오기를 기다리는 방법이 있긴 했다.

아주 작은 구슬의 크기였고, 단단한 물질이었기에 위장에서 소화가 되지 못할 테니 분명 아래로 밀어내고자 할 테니 말이다.

'변을 통해 나온 구슬을 사용해도 괜찮을까?'

석기 인상이 찌푸려졌다.

성스러운 물인 성수를 만드는 데 필요한 구슬이 석기의 대장을 통해 항문에서 나온 구슬이라는 것이 밝혀진다면 사람들이 석기가 만든 물건을 구매하는 데 꺼려질 수도 있었다.

물론 그렇게 될 경우 석기만 알고 있는 혼자만의 비밀로 해야 하겠지만 그래도 찜찜한 것은 사실이었다.

'만일 구슬이 몸속에서 사라진다면 어떡하지?'

또 다른 고민거리도 생겼다.

이제까지는 물에 아무리 집어넣어도 구슬의 형태는 변함없이 유지했기에, 방금 삼켜 버린 구슬도 그대로 몸속에 남아 있을 거란 생각은 들었지만, 워낙 신비로운 구슬인지라 그것이 석기 몸속에서 어떤 반응을 일으킬지 모를 일이었다.

'구슬이 사라진다면 화장품과 샘물 사업은 포기해야겠지.'

성수 없이 만들어진 화장품과 샘물로는 그동안 국내 시장에서 기반을 확고히 다지고 있던 명성의 화장품과 샘물을 절대 압도하기 어려울 것이다.

오장환에 대한 복수.

석기는 이왕이면 명성에서 자신 있어 하는 똑같은 사업을 해서 오장환에게 지옥 같은 패배감을 맛보게 해 주고 싶었기에 화장품과 샘물 사업을 절대 포기할 수 없었다.

'구슬이 몸속에서 녹아 버릴 리는 없겠지만 그래도 불안해서 안 되겠어. 빨리 구슬을 꺼내는 것이 좋겠어.'

석기는 비좁은 원룸 안을 서성거리며 안절부절못했다.

사업에 구슬은 꼭 필요했다.

더군다나 내일 구 노인에게 야산을 물려받게 된다.

그런데 정작 사업에서 가장 중요한 구슬을 그만 석기가 꿀꺽 삼켜 버린 것이다.

'수술보다는 차라리 설사를 유도하는 약을 사 먹고 빨리 구슬을 몸 밖으로 배출시키자.'

찝찝하긴 했지만 지금으로선 최선의 방법이 볼일을 통해서 구슬을 배출시키는 것이라 생각했다.

'구슬이 나오면 깨끗하게 잘 씻으면 괜찮을 거야.'

그런데 현관으로 나온 석기가 막 신발을 신으려는 찰나였다.

[블루문이 당신의 몸에 안정적으로 정착되었습니다.]

갑자기 어떤 목소리가 들렸다.

중성적인 기계음.

사람 속마음을 들을 때와 비슷한 음성 전달 방식이었다.

'이게 대체 뭐지?'

석기의 의문에 또 소리가 들렸다.

[블루문의 성분은 물에 친화적인 성질로 구성되어 있습니다. 오랜 기간 물속에 잠겨 있던 덕분에 블루문이 드디어 활성화될 수 있게 되었습니다.]

석기의 눈빛이 크게 흔들렸다.

구슬을 집어삼킨 것에 멘탈이 크게 나가긴 했지만 그의 정신은 양호했다.

'블루문이 활성화되었다고?'

석기로선 이게 대체 무슨 소리인지 이해가 되지 않았다.

[그렇습니다. 당신이 삼킨 구슬이 바로 블루문입니다. 블루문은 당신을 주인으로 인정하고 있습니다.]

'내가 블루문의 주인이라고?'

석기의 의문에 응답이 들려왔다.

[지금 당신은 과거의 일부 기억이 삭제된 상태입니다. 과거의 기억을 복원하길 원하십니까?]

'과거의 기억이라면 혹시 어린 시절의 기억을 말하는 건가?'

석기는 어린 시절 보육원에 버려지기 전까지의 기억들에 대해선 하나도 기억하지 못하고 있었다.

신기할 정도로 모두 사라졌다.

[어린 시절 기억이 당신의 동의 없이 강제로 삭제된 것은 블루문을 보호하기 위한 프로그램의 일환이었습니다. 지금 어린 시절 기억을 복원하길 원하십니까?]

'내가 어린 시절 기억을 전혀 못 했던 것이 블루문 때문이었다고?'

[그렇습니다. 그때 당시 당신은 미성숙한 시기로 블루문을 지켜 낼 상황이 아니었다고 판단되어 그런 조치가 취해졌습니다.]

갈수록 점입가경이었다.

어쩌다 그도 모르게 물을 마시다 구슬을 꿀꺽 집어삼켰을 뿐인데 이런 엄청난 일이 벌어졌다.

'만일 내가 구슬을 삼키지 않았더라면 이런 일이 벌어지지 않았을까?'

[구슬을 삼키지 않았더라면 다른 방식으로 블루문이 활성화되었을 겁니다.]

'다른 방식으로?'

[당신이 잠든 사이 구슬이 몸속으로 스며들게 되었을 겁니다. 블루문의 활성화를 위해선 구슬이 당신의 몸속에 내장되어야만 합니다. 물론 한번 당신 몸에 정착된 블루문은 현대식 의료 장비로는 절대 밝혀지지 않도록 특수 물질로 변환된 상태이니 걱정하지 않으셔도 됩니다.]

석기는 그만 입을 떡 벌렸다.

들으면 들을수록 너무 놀라운 사실들에 이제는 머리가 어지러울 지경이었다.

'혹시 꿈을 꾸는 건가?'

[이건 엄연한 실화입니다.]

'그럼 앞으로 성수를 만드는 일은 못 하는 건가?'

[그건 아닙니다. 지금까지 당신이 성수라고 칭했던 그런 물을 말씀하시는 것이라면 얼마든지 변환 가능합니다.]

'성수를 만드는 것이 가능하다고?'

석기의 눈빛이 반짝였다.

성수를 만들 수 있다니.

기사회생한 기분이었다.

'하지만 구슬이 몸에 들어갔는데 어떻게 성수를 만들 수 있지?'

[지금까지는 블루문을 물에 집어넣은 상태에서 성수를 제조했지만 이제부터는 당신의 의지만으로 성수를 쉽게 제조할 수 있습니다.]

'내 의지만으로?'

[손바닥을 필요한 물건에 대고 명령만 내리시면 됩니다.]

'허어! 대박이네!'

[물의 용량 지정을 비롯하여 시간 단위까지 자유롭게 성수 제조가 가능하답니다.]

'맙소사! 그건 더 대박이네!'

[용량 지정은 무제한이나 시간 단위 최대치는 아직 당신이 블루문 사용이 초기 단계라 한 달 정도까지가 최대치입니다.]

'한 달까지도 가능하다고?'

10일짜리 성수로도 구민재를 치료한 석기로선 그야말로 입이 떡 벌어지는 일이 아닐 수 없었다.

[참고로 회귀 전에 당신이 야산에 묻혔지만 이렇게 다시 살아난 것도 모두 블루문의 영향입니다. 블루문이 당신 몸속에 정착된 것이 아니란 점에 불가피하게 동일 세상으로의 부활은 불가능해서 회귀 현상을 통하여 2년 전의 과거로 거슬러 오게 되었음을 양해 바랍니다.]

석기의 놀라움은 경악을 넘어 심장이 떨릴 정도였다.

회귀 전에 야산에 파묻혔던 그가 이렇게 살아난 것이 모두 블루문으로 비롯된 현상이었다니.

'내가 대체 뭐라고 이런 대단한 블루문의 주인이 된 걸까?'

석기의 의문에 소리가 들려왔다.

[삭제된 과거 기억 복원을 원하십니까?]

석기가 침을 꿀꺽 삼켰다.

과거에 어떤 일이 벌어졌기에.

그라는 존재는 대체 누구기에.

판도라 상자.

그걸 여는 기분도 없지 않았지만, 너무 궁금했다.

'복원을 원한다.'

그렇게 석기가 생각한 순간.

눈앞이 깜깜해졌다.

누군가의 침실로 보였다.

방 안의 분위기는 매우 아늑했다.

아이를 위한 방처럼 여겨졌는데, 방 안에 비치된 가구들만 봐도 형편이 좋은 집안 같았다.

잠옷을 걸친 어린 사내아이 주위로 남녀가 다가왔다.

아이의 부모인 듯싶었다.

젊은 부부였고, 둘 다 인물이 훤칠한 편이었다.

그런 부부가 아이에게 작은 상자를 내밀었다.

상자 안에 들어 있던 물건.

작고 푸른빛이 나는 구슬이다.

그걸 아이에게 건넨 부부가 아이를 차례대로 껴안아 주고 머리를 쓸어 주기도 했다.

마치 아이를 떠나 어딘가로 갈 사람들처럼 부부의 눈빛에

애잔함이 가득해 보였지만, 아이는 그걸 눈치채지 못한 듯,
선물로 받은 구슬에 홀려 행복하게 웃고 있었다.

이번엔 실내가 아니라 밖이었다.

석기의 눈에도 익숙한 곳이었다.

야산의 옹달샘.

그곳에 도착한 아이는 주머니 속에 들어 있던 구슬을 꺼내
옹달샘 안에다 집어넣었다.

그렇게 아이가 구슬을 옹달샘 안에다 집어넣고 나자 저만
치 다른 아이 하나가 다가왔다.

아이보다는 몇 살 많은 듯했다.

앞서 옹달샘으로 달려간 아이가 다친 곳은 없는지 걱정이
되었는지 작은아이의 몸을 이리저리 살펴보다가 큰아이가
작은아이의 손을 꼭 잡아 주었다.

사이좋은 둘의 모습에 함께 야산에 올라왔던 어른이 카메
라를 들이대며 활짝 웃었다.

또 다른 기억이 떠올랐다.

앞서 기억들에 비해선 이번의 기억은 어둡고 음울하고 불안한 기억처럼 여겨졌다.

음습한 지하실 같은 곳.

그런 곳에 갇힌 아이였다.

덩치가 불곰처럼 커다란 사내 하나가 아이를 지키고 있었다.

그러다 누군가와 통화를 나누고 나서 사내가 아이를 쳐다봤는데 갈등이 어린 눈빛이었다.

험악한 사내의 인상에 비해서 눈빛은 비교적 순박해 보였다.

결국 사내는 결심을 한 듯이 아이를 데리고 지하실을 나왔다.

아이가 걸친 옷과 신발을 죄다 벗기고 시장에서 사 온 저렴한 옷과 신발로 갈아입히고 심지어 아이 머리도 빡빡 밀어버렸다.

사내는 그런 아이를 데리고 서울에서 한참 떨어진 시골의 보육원 앞에 차를 세웠다.

부모가 너를 버렸다.

죽기 싫으면 그간의 기억을 모두 잊도록 해야 할 거다.

두려움에 떨던 아이는 사내의 말에 정신없이 고개를 끄덕거렸다.

그 후로 암전이 찾아왔다.

아이의 머릿속에 과거의 기억이 텅 비게 되었다.

자신 이름. 부모 얼굴. 살던 곳.

하나도 기억하지 못하게 되었다.

✵

"하아!"

삭제된 과거의 기억이 복원된 탓에 모든 상황을 알게 된 석기는 온몸이 식은땀으로 축축했다.

석기는 부모에게 버려진 고아가 아니었다.

석기 부모는 앞으로 다가올 변고를 눈치채고 아들에게 연구하던 핵심을 넘겨준 것이다.

그것이 아들의 목숨을 구해 줄 수 있으리라 믿은 것이다.

'내가 천운그룹 회장의 아들이었다니……'

믿기지 않았다.

평범한 고아 신분이라고 생각했는데 엄청난 배경을 갖고 있던 인물이었다.

[블루문은 과거에 천운그룹에서 비밀리에 진행했던 프로젝트의 핵심 물질이라고 보면 됩니다. 당신의 부모는 마야 유적지의 지하수에서 우연히 블루문을 발굴하게 되었고, 그것에 생명 연장의 비밀이 숨겨져 있다는 것을 눈치채곤 오랜 기간 블루문에 대해 연구해 온 상태입니다. 블루문을 이용하여 고통받지 않고 누구나 평등한 그런 세상을 만드는 것이

부부의 꿈이었습니다. 하지만 그런 부부의 연구를 눈엣가시처럼 여기던 정부에서는 명성금융과 몇 곳의 기업들을 이용하여 천운그룹에 연구를 포기하도록 압박을 가했습니다.]

엄청난 정보에 석기의 감정이 격해지자 잠시 그가 호흡할 틈을 주고, 음성이 다시 이어졌다.

[결국 부부는 블루문에 대한 비밀을 파헤치지 못한 채로 연구를 접어야만 했습니다. 정부에서 부부가 지닌 블루문을 파기하려 한다는 정보를 입수하자 부부는 그걸 어린 당신을 통해 비서실장 구용우 씨가 보유한 야산의 옹달샘에 보관하는 방법을 떠올리게 되었습니다.]

야산의 옹달샘이 언급된 것에 석기의 눈빛이 빛났다.

[아무것도 모르는 당신은 블루문을 그저 예쁜 구슬로 생각하였고, 부모의 뜻대로 야산으로 놀러 간 당신은 블루문을 옹달샘에 집어넣게 된 겁니다. 그러고 다음 날 당신은 어딘가로 납치당하게 되었고, 당신 부모는 아들을 살려 낼 마음에 가짜 블루문을 정부에게 넘기고, 당신이 납치된 장소로 달려가던 도중 맞은편에서 달려드는 덤프트럭에 의해서 교통사고로 죽게 되었던 겁니다.]

석기의 눈빛이 이글거렸다.

부모가 억울하게 죽은 것.

너무 슬프고 분통이 터졌다.

하지만 지금 알게 된 정보들.

그리고 블루문을 석기가 차지하게 된 것.

그건 절대 세상에 까발려선 안 될 터.

무덤까지 들고 가야만 할 것이다.

석기는 잠자리에 누웠다.

하지만 잠이 오지 않았다.

신비로운 블루문의 주인이 된 것.

너무나도 설렌 일이었다.

그리고 부모의 얼굴을 기억하게 된 것.

그립고 보고 싶고, 가슴이 너무 먹먹했다.

부모에 대해 알고 있는 것이 너무 없다는 것.

그것이 못내 석기의 마음을 아프게 만들었다.

'우리 부모님이 마야 유적지에서 블루문을 발견했다고 했지?'

[그렇습니다.]

'우리 부모님이 왜 그곳을 간 거지? 혹시 부모님이 고고학을 전공한 것은 아닐 테고.'

[당신 모친은 생명공학 박사 학위를 취득했을 정도로 인간의 생명에 지대한 관심을 갖고 있었습니다. 반면 당신 부친은 모친과는 달리 경영학을 전공한 잘나가는 사업가였고요. 부부가 마야 유적지를 찾은 것은 신혼여행 때문이었습니다.]

'신혼여행을 마야 유적지로 간 것이라고?'

[그렇습니다. 당신 모친이 그곳을 보고 싶어 했던 것으로 압니다.]

그렇다면 석기가 태어나기 전에 부모님이 블루문을 손에 넣었다는 셈이 된다.

다른 한편으론 자그마치 5년에 걸친 연구에도 부모님은 블루문의 베일을 벗기지 못한 것이다. 그리고 그 후로 많은 세월이 흘러 오늘날 드디어 석기에 의해서 모든 베일이 벗겨졌다.

'그때 당시에 블루문에 대해 밝혀진 정보가 거의 없는 상태였을 텐데, 왜 정부에선 블루문 연구를 파기토록 한 거지?'

[일단 블루문이 지구에서 찾아볼 수 없는 검증이 안 된 특수 물체로 이루어진 점 때문에 정부에서 꺼리게 된 것도 있지만, 속사정은 블루문이 인간의 수명 연장에 도움이 될 것이라는 점에 탐욕을 부리게 만들었을 겁니다.]

'그럼 연구 파기가 주목적이 아니었단 거네?'

[주목적은 블루문을 빼앗는 일이었을 겁니다.]

석기의 어린 시절에 최대 권력자.

그때 당시에는 그 사람의 말이면 나는 새도 떨어트릴 정도로 막강한 권력을 휘두르고 있던 때였다. 블루문에 생명을 연장할 비법이 숨겨져 있다고 생각했다면 반드시 손에 넣고 싶었을 것이다.

그런데 석기의 부모가 순순히 정부의 말을 따르지 않자 블루문을 빼앗을 욕심으로 충실한 따까리로 필요한 명성금융과 대기업 몇 곳을 앞세워 천운그룹에 압박을 가했을 것이다.

명성금융은 사업을 확장할 기회라고 생각하여 신난다고 권력자에 빌붙어 딸랑거렸을 테고, 다른 기업들은 천운그룹이 블루문을 독점한 것이 싫었을 테니 정부의 편을 들어줬을 것이다.

그래도 끝내 석기 부모가 블루문을 포기하지 않자 어린 석기까지 납치하는 사태를 빚었을 것이다.

'납치 당시의 상황 중에서 두 가지가 궁금해.'

[어떤 점이 말입니까?]

'그때 당시 납치범에게 나를 죽이란 명령이 하달되었을 것인데 그는 나를 죽이지 않고 옷을 갈아입힌 다음 머리를 빡빡 밀어서 보육원 앞에 내려 줬어. 그 인물도 정부에서 고용한 자겠지?'

[그랬을 겁니다. 정부에는 당신을 죽인 것으로 거짓 보고를 했을 겁니다. 아니면 문책을 당할 테니까요.]

그걸 보면 정부에서 일하는 사람들이라고 모두 악독한 것은 아님을 알 수 있었다.

불곰처럼 거대한 사내의 덩치.

그럼에도 눈빛은 순박했던 사내의 인상이 머릿속에서 떠나지 않았다.

'그리고 납치당한 나를 구해내고자 우리 부모님이 가짜 블

루문을 정부에 넘겼다고 했는데 그건 어떻게 된 일이지?'

[정부에선 가짜 블루문을 가지고 연구에 들어갔지만 별다른 성과를 거두지 못했습니다. 그러다 정권이 바뀌는 바람에 괜한 구설수에 오를 수 있다 하여 가짜 블루문을 폐기 처분한 것으로 알고 있습니다.]

'그럼 정부에선 우리 부모님이 건넨 블루문이 가짜인 것을 전혀 눈치채지 못했다는 거네?'

[당신 모친은 그쪽 분야에서 상당히 두각을 드러내던 존재였습니다. 그녀는 블루문에서 얻어 낸 일부의 정보로 가짜 블루문을 제작하는 데 성공했고, 가짜 블루문을 넘겨받은 정부에서도 그걸 전혀 의심하지 못하고 감쪽같이 속아 넘어갔습니다. 그리고 보다 중요한 것은 과거에 정권 교체와 함께 가짜 블루문이 폐기된 이상 이제 더는 블루문이 세상에 존재하지 않는 것으로 처리되었다는 점입니다.]

석기로선 천만다행이었다.

만일 정권이 바뀐 후로도 블루문에 대한 연구가 계속 진행되었다면 결국 그것이 가짜임이 밝혀져 진짜 블루문을 찾아내고자 혈안이 되었을지도 모르는 일이었기에 말이다.

[이건 여담이지만 그때 당시 블루문이 활성화되지 않은 점은 다행스러운 일이 아닐 수 없습니다. 그렇게 되었다면 저는 당신이 아니라 다른 인간을 주인으로 택해야 하는 일이 벌어졌을 수도 있으니까요.]

석기가 블루문의 주인이 된 것.

행운과도 같은 일이었지만 그건 한편으론 모두 그의 부모님 덕분이기도 했다.

마야 유적지의 지하수에서 블루문이 발견된 것에 블루문이 물과 친화적인 점을 용케 알아낸 것이다.

그래서 어린 석기에게 야산의 옹달샘에 블루문을 숨기도록 했던 거고. 그래서 이렇게 결국 블루문이 석기의 손에 들어오게 되었으니, 어쩌면 블루문은 처음부터 석기를 주인으로 인정하고 있었던 것이 아닐까 싶기도 했다.

'너는 블루문에서 어떤 존재지?'

[저는 블루문에 설정된 프로그램의 일부라고 보시면 됩니다. 당신에게 블루문에 대한 정보와 사용에 필요한 안내를 해 드리는 그런 역할을 담당하고 있습니다. 인간 세상의 게임으로 치면 NPC와 유사한 역할이라고 여기시면 될 겁니다.]

석기가 이해가 되었다는 듯이 고개를 끄덕여 주었다.

실체를 보지 못하지만 석기는 그가 살아 있는 존재처럼 여겨졌다.

'언제까지 나와 함께하는 건가?'

[당신이 원한다면 저는 언제까지고 서포트 역할을 해 드릴 겁니다.]

'그 점은 마음에 드네.'

[좋게 생각해 주셔서 감사합니다.]

석기는 옹달샘에서 얻은 구슬이 블루문이라는 것을 알게 되자 솔직히 아직도 혼란스러운 심정이었고 이것저것 물어볼 것도 많았다.

블루문과의 대화.

석기가 속으로 생각만 하면 되었기에 굳이 입 밖으로 말을 할 필요가 없어 편리하긴 했지만, 그에 대한 호칭이 필요하리라 여겼다.

'블루. 너를 앞으로 블루라고 부를 생각인데 어때?'

[아주 마음에 듭니다. 그렇다면 저도 당신을 앞으로 '마스터'라고 칭하겠습니다. 괜찮겠습니까?]

'좋아.'

석기가 웃으며 고갤 끄덕였다.

마스터.

블루문의 주인이니 어울리는 호칭이긴 했다.

'블루, 그럼 마지막으로 한 가지만 더 물어보고 자야겠어.'

[말씀하십시오, 마스터.]

석기가 침을 꿀꺽 삼켰다.

솔직히 블루문에 대해 가장 궁금한 점이기도 했다.

과연 블루가 제대로 답해 줄지는 미지수였지만 석기로선 묻지 않을 수가 없었다.

'블루문을 만든 존재는 누구지?'

석기의 질문에 블루는 일말의 고민도 없이 답했다.

[그건 저도 알 수 없습니다.]

석기가 씁쓸히 웃었다.

예상했던 답이긴 했다.

이건 석기의 생각이지만 어쩌면 블루문은 지구보다 몇 배로 과학이 발달한 어딘가의 외계에서 날아온 물질이 아닐까 싶기도 했다.

하여간 블루문은 인간들이 상상할 수 없는 어마어마한 능력을 지닌 것만은 틀림없었다.

하지만 석기는 블루문에게 많은 것을 바라진 않았다.

인류에 획기적인 발전을 가져올 신비로운 물질은 분명했지만 그걸 이용하여 인류를 구하고 싶은 마음도 없었고 무엇보다 세상에 블루문을 밝히고 싶지도 않았다.

이기적이라고 해도 좋았다.

과거에 블루문을 연구하다가 억울하게 세상을 떠난 부모님이었다.

석기도 회귀 전에는 골프채로 머리통이 박살 나서 야산에 파묻혔던 전적이 있었다.

그랬기에 오래 살고 싶었다.

세계적인 찐 부자가 될 작정이다.

돈을 많이 벌어서 석기를 버러지처럼 취급했던 오장환과 오세라에게 화려하게 복수해 주고 싶었다.

정부와 손잡고 석기의 부모님을 죽게 만든 명성금융과 몇 곳의 기업들에도 확실하게 복수를 해 줄 생각이었다.

화장품과 샘물 사업.

블루문이 지닌 많은 능력 중에서 성수 제조는 일부에 불과한 능력임을 알고 있다.

하지만 지금으로선 성수를 이용하여 두 가지 사업에 충실을 기하는 것이 좋았다.

사실 두 가지 사업만으로도 엄청난 돈을 벌 수 있을 것은 분명했다.

✤

아침이 되었다.

성수를 만들어 보기로 했다.

머그잔에 수돗물을 채웠다.

'3초짜리 성수!'

석기의 의지 발현이 시도되었다.

과연 정말로 성수로 변했을까.

꿀꺽꿀꺽!

물을 마셨다.

석기의 눈이 동그래졌다.

정말로 성수가 되었다.

너무도 간편했다.

앞으로 구슬을 잃어버릴까 신경 쓰지 않아도 되었다.

치카치카!

이젠 양치도 성수로 했다.

컵에 수돗물을 받아서 의지 발현만 하면 되는 일이다.

성수로 양치하니 입안이 몇 배로 개운해진 느낌이다.

치아도 더 하얗게 보이고 반짝반짝 윤이 돈다.

스케일링과 미백이 필요 없다.

'진짜 완전 대박이네!'

하얗게 웃는 석기의 귀에 핸드폰 벨소리가 들렸다.

박창수 전화일 것이다.

오늘 차를 뽑아 주기로 했다.

그것에 신난다고 눈을 뜨자마자 이렇게 연락했을 터.

차도 사고 집도 사고.

앞으로 할 일이 많았다.

그 전에 물론 구 노인을 만나 야산을 손에 넣는 일도 필요했다.

"오늘 어르신께는 나 혼자 갈 테니 창수 너는 회사 설립에 필요한 서류 작업을 하는 것이 좋겠다."

-알겠어. 그럼 차는?

"거기 다녀와서 연락할게. 어떤 차종으로 살지 그것만 결정해."

-오케이!

박창수 목소리가 완전 들떠 있다.

석기도 입꼬리가 위로 올라갔다.

다시 시작된 인생. 너무 행복하고 즐겁다.

구 노인의 저택.

변호사가 준비해 온 야산 매매계약서에 석기의 사인이 들어간 것에 야산을 넘기는 일이 모두 끝났다.

"야산을 선생님께 넘겨드리게 되어 진심으로 기쁘게 생각합니다."

"감사합니다, 어르신!"

"축하드려요, 대표님!"

"고마워요, 민재 씨!"

구 노인은 변호사와 따로 할 말이 있는지 응접실에 남고, 석기는 구민재와 함께 밖으로 나왔다.

"구민재 씨! 야산을 둘러볼 생각인데 함께 가실래요?"

"저야 좋습니다."

구민재는 그동안 흉측한 얼굴로 인하여 바깥출입을 아예 삼갔던 터였기에 야산을 간다는 석기의 말에 들뜬 기색이 역력했다.

야산까지 석기의 차로 움직였다.

더운 날씨였지만 그것에 개의치 않고 구민재는 차에서 내리자 이곳저곳을 흥분한 눈으로 둘러봤다.

그런 구민재를 향해 석기가 회귀 전에 별장이 세워졌던 자리를 가리키며 말했다.

"저기에 건물을 세울 겁니다."

"별장 말인가요?"

"별장으로 사용해도 좋지만 지하실은 사업에 필요한 연구실로 사용할 계획입니다."

"연구실이라고요?"

"앞으로 구민재 씨의 연구실이 될 겁니다. 저곳에서 성수를 활용한 화장품을 개발하는 일을 맡게 될 겁니다."

"아하!"

구민재는 기대감과 흥분으로 크게 감격한 기색이었다.

"제가 저곳에 연구실을 만들려는 이유가 실은 따로 있습니다."

"어떤 이유죠?"

"따라오세요. 가 보면 알게 될 겁니다."

석기는 구민재를 옹달샘으로 이끌었다. 옹달샘과 거리가 가까워질수록 구민재의 눈빛이 살짝 흔들리고 있었다. 석기가 그를 데려가고자 하는 곳을 눈치챈 것이다.

"저곳입니다! 구민재 씨도 옹달샘을 알고 있을 거라 생각합니다."

"……!"

구민재가 과거의 추억을 회상이라도 하는 듯한 표정으로 옹달샘을 우두커니 쳐다봤다.

"응접실에 있던 어린 시절 사진. 저 옹달샘에서 찍은 사진이라고 들었어요."

"⋯⋯맞아요."

구 노인도 그렇고 구민재에게 석기가 천운그룹의 회장 아들임을 밝힌다면 크게 기뻐할 테지만 그건 석기 혼자만의 비밀로 묻어 둬야만 할 터였다.

"실은 이곳을 발견한 순간 갑자기 사업 아이템이 떠올랐습니다. 제가 제조한 성수를 이용하기에 최적의 장소라고 생각했거든요."

석기의 말을 들은 구민재는 그의 얼굴을 조용히 웃으며 쳐다봤다.

"대표님은 제 은인이십니다. 저곳의 옹달샘이 대표님께 도움이 되었으면 좋겠습니다."

"네! 충분히 도움이 될 겁니다!"

석기가 힘차게 고갤 끄덕였다.

어린 시절에 옹달샘 앞에서 손을 잡고 사진을 찍었던 두 사람이었다.

그때 옹달샘에 집어넣었던 구슬로 인하여 석기가 이렇게 살게 되었고, 심지어 구민재의 얼굴도 치료될 수 있었다.

"여기까지 올라왔으니 옹달샘 물이나 마시고 가죠."

"옹달샘 물을 마셔도 괜찮나요?"

"저 물은 앞으로 우리 사업의 중요한 샘물이 될 겁니다. 그리고 성수를 연구할 구민재 씨에겐 더없는 연구 재료가 되어 줄 거고요."

"그게 무슨 말이죠?"

"물을 마셔 보면 제 말이 무슨 말인지 이해가 갈 겁니다."

"하아!"

구민재는 당혹스러웠다.

그동안 옹달샘의 물을 마신다는 것은 생각지도 못했다.

그건 구 노인도 그러했고 마을 사람들도 마찬가지였다.

그저 산속의 운치 있는 옹달샘을 보는 것으로 즐겼을 뿐이다.

그랬기에 오랜 세월 세상 사람들에게 블루문의 비밀을 지켜 낼 수 있었던 건지도 모르지만.

"헉! 무, 물맛이…… 대박!"

석기를 따라 손으로 옹달샘 물을 떠서 맛본 구민재는 신대륙을 발견한 사람 같은 표정을 짓고 말았다.

그런 구민재를 향해 싱긋 웃어 준 석기가 주변의 경관을 흐뭇한 눈길로 둘러보았다.

옹달샘 주변의 꽃과 풀들.

유독 싱싱하고 아름다웠다.

산속의 야생동물들이 옹달샘을 찾는 것도 결국 이유가 있었다.

사람들은 몰랐지만 자연과 야생동물은 용케 비밀을 눈치챈 것이다.

블루문을 품었던 옹달샘.

오랜 세월 석기를 기다려 온 이곳이 드디어 석기의 손에 들어오게 되었다.

❄

야산을 다녀온 석기.

청담동에서 박창수와 만났다.

법인 설립에 필요한 서류 작업은 얼추 준비가 끝났다고 했고, 이제 사무실만 구하면 오케이였다.

박창수는 야산이 석기 손에 들어온 것을 진심으로 축하해 주었고, 이에 석기가 박창수에게 했던 약속을 지키기로 했다.

"정말로 차 뽑아 줄 거야?"

"사나이 한 입으로 두말하지 않는다! 원하는 차종을 말해 봐!"

"흐흐! 어떤 차도 상관없어?"

"말만 해! 무슨 차든 다 뽑아 줄 테니까!"

사실 야산이 석기 손에 들어온 것은 10일짜리 성수로 구민재를 치료한 덕분이지만, 그래도 구 노인의 집을 함께 방문한 박창수였다.

"난 국산 차가 좋아!"

"외제 차도 상관없는데."

"국산 차도 상당히 잘 빠졌어!"

"그건 인정!"

석기가 고개를 끄덕여 주었다.

박창수 말대로 요즘은 국산 차도 상당히 잘 빠졌다.

석기는 회귀 전에 오세라와 결혼해서 고급 외제 차를 실컷 몰아 봤던 경험이 있었다.

그랬기에 이번 생에선 외제 차에 대한 환상이 별로 없었다.

"국산 차 중에서도 종류가 많잖아. 그럼 어느 대리점으로 갈지 창수 네가 정해!"

"오케이! 나가자!"

박창수는 카페에서 석기를 기다리며 나름대로 머릿속으로 모종의 계획을 세워 놓았던 모양이다.

당당하게 근처의 자동차 대리점으로 석기를 이끌었다.

"고객님! 또 오셨군요!"

"네! 물주를 데려왔습니다!"

"하하하! 고객님도 준수하신데 친구분은 더욱 빛이 나는군요!"

박창수가 이곳에 이미 와봤던지 딜러로 보이는 젊은 사내가 싹싹하게 응대했다.

"아까도 한번 둘러보긴 하셨지만 다시 한번 천천히 전시된 차를 둘러보시고 진짜 이거다 싶은 차가 있으면 말씀해 주세요. 두 번이나 걸음을 하신 고객님을 위해 최선을 다해 모시겠습니다!"

"그럴게요."

차를 판매하는 딜러답게 손님 접대를 많이 해 봐서 그런지 말이 청산유수였다.

"석기야. 저기로 가자. 내가 찍어 놓은 차가 있거든."

"어떤 차야?"

"저기 저놈!"

박창수는 이미 마음을 정했는지 매장에 전시된 차 중에서 하나를 콕 찍어서 손가락으로 가리켰다.

박창수가 원하는 차종.

SUV였다.

앞으로 야산을 자주 들락거릴 일이 생길 테니 승용차보다는 SUV가 더 적격이긴 했다.

어느새 찍어 놓은 차로 빛의 속도로 다가선 박창수가 차 옆에 비스듬히 기대서선 석기를 향해 말했다.

"어때? 졸라 멋지지?"

"호오? 차만 보인다! 우리 창수 어디 갔지?"

"킥! 진짜 나 이거 사 줄 거야, 사장아?"

"물론이지. 색상은 정했어?"

"여기 전시된 쥐색이 딱 좋아."

"쥐색이면 관리하긴 편하겠네. 그렇다면 나머지 두 대는 헷갈리지 않게 파란색과 흰색도 괜찮겠네."

"똑같은 차를 3대나 장만하게?"

"그러지, 뭐. 한 대는 내가 몰고, 남은 차는 구민재 씨에게 주지, 뭐."

"와우! 우리 석기 사장님 되더니 통 크게 나오시는데?"

"열일하라고 사 주는 거야."

"하하하! 알았어! 시키는 대로 뭐든 다 할 테니 걱정 마. 근데 3대면 자그마치 억대가 넘어갈 텐데 괜찮겠어?"

"흐음, 어디 보자. 풀 옵션 장착해도 4천이면 충분하겠군. 그럼 3대면 도합 1억 2천 예상하면 되겠네."

"커헉! 심장이……."

박창수가 심장을 부여잡고 리액션을 펼쳤다.

하긴 서민 박창수 심정이 이해는 되었다.

만일 석기도 예전 같은 주머니 사정이었다면 감히 엄두도 내지 못할 엄청난 가격대에 심장이 벌벌 떨렸을 것이다.

하지만 꿀꺽한 100억이 코인 대박을 치는 바람에 이제 준재벌에 속한 석기였다. 둘의 장난치는 모습을 즐겁게 지켜보고 있던 딜러가 주위로 다가왔다.

"결정하셨습니까, 고객님!"

"네! 이 차가 좋겠어요!"

"탁월하신 선택이십니다! 국산 차치고 상당히 잘 빠진 모

델입니다. 특히 젊은이들이 선호하는 외관 디자인에 실내 편의 사항도 보셔서 아시겠지만 아주 세련되고 고급스럽게 구성되어 있습니다. 그리고 무엇보다 우리 고객님께 너무 잘 어울린다는 점이죠."

"하하하! 감사합니다!"

박창수는 자신이 찍은 차를 좋게 포장해 주는 딜러의 말에 상당히 기분이 흡족해 보였다.

"그럼 차종은 이것으로 결정하셨으니 서류 작성하는 것을 도와드리겠습니다. 테이블로 자리를 옮기시는 것이 좋겠습니다."

"잠깐만요."

석기가 딜러를 불러 세웠다.

갑자기 제동이 걸린 상황이나 딜러가 여유를 잃지 않고 미소를 머금어 보였다.

"왜 그러시죠, 고객님?"

탐이 나는 존재였다.

보통은 겉으론 웃음을 보여도 속으론 손님을 개무시하는 딜러들도 있었지만 눈앞의 딜러는 겉과 속마음이 일치하는 존재였다.

사업을 하려면 인재가 필요했다.

그런 점에서 인성도 좋고 손님 접대 방식도 훌륭한 딜러는 나중에 석기가 하려는 사업의 영업팀장으로 고용하면 아주 그만일 것이란 생각이 들긴 했다.

"이것과 같은 SUV로 모두 3대를 구입할 생각이거든요."

"3대씩이나요?"

"전시된 차도 상관없으니 가급적 이번 주 안까지 차를 인도받을 수 있으면 좋겠는데 가능할까요?"

"최대한 고객님께서 원하시는 요구 사항에 맞춰 보도록 하겠습니다!"

"전시된 차면 가격이 좀 더 저렴하겠죠?"

"물론입니다. 원하시는 색상을 말씀해 주시면 다른 대리점에 차가 있는지 조회해 본 후에 고객님께서 원하시는 날짜에 차를 인도할 수 있도록 해 보겠습니다."

"색상은 쥐색, 파란색, 흰색. 이렇게 세 가지입니다. 이곳에 진열된 차가 마침 쥐색이니 저것은 그냥 몰고 가도 되겠죠?"

"그러셔도 됩니다. 그럼 테이블로 안내해 드리겠습니다."

갑자기 차를 3대나 팔게 되어서인지 딜러의 표정은 몹시 행복해 보였다. 그리고 오늘 당장 원하는 차를 끌고 나갈 수 있다는 것에 박창수의 표정도 너무 행복해 보였다.

소파에 앉아서 석기와 박창수가 음료를 마시는 동안, 딜러는 조회가 끝났는지 환한 기색으로 석기를 쳐다봤다.

"다행히 고객님께서 원하시는 색상이 다른 대리점에 있네요."

SUV 3대를 구입하게 되었다.

파란색과 흰색은 내일 중으로 인도받기로 했다.

새 차를 구입하면 출고되기까지 시간이 많이 걸린다는 점도 있고, 전시된 차는 보다 저렴한 가격에 구입할 수 있어 좋긴 했다.

법인 차로 구입할 생각이었기에 오늘 사무실을 구하면 그곳의 주소를 알려 주기로 했다.

그리고 석기가 그간 타던 중고차는 딜러가 책임지고 처리해 주기로 했다. 차를 살 때와 팔 때의 가격 차이가 다소 벌어지긴 했지만 적당한 가격 선에서 정리가 되었다.

❈

부르릉-!

쥐색 SUV 운전대를 잡은 박창수.

전시된 차지만 새것이나 다름없다. 가죽 냄새에 박창수는 코를 벌름거리며 마치 첫사랑에 빠진 사람처럼 잔뜩 흥분한 기색이었다. 석기가 피식 웃다가 길가에 보이는 부동산 가게를 가리켰다.

"저곳이 괜찮아 보이네."

"옛썰! 저곳으로 모시겠습니다!"

돈도 있는데 굳이 열악한 원룸에서 계속 살 이유가 없었다.

석기도 그렇지만 박창수가 사는 원룸도 환경이 열악한 것은 마찬가지였다.

이왕 인심을 쓰는 김에 박창수의 살 집도 알아봐 줄 생각이다.

앞으로 박창수는 부장급 대우를 해 줄 생각이고, 계속 석기와 붙어 지내게 될 테니 오가기 편하게 같은 오피스텔이 좋을 터였다.

오피스텔 근처에 마땅한 사무실이 있으면 그것도 계약할 작정이다. 화장품과 샘플을 제조할 공장도 필요했지만 법인 설립을 하려면 사무실을 갖추는 일도 중요했다.

"어떻게 오셨나요?"

"20평 규모의 최신식 오피스텔 두 채랑, 사무실로 사용할 적당한 건물도 있으면 소개해 주세요."

청담동에 자리를 잡은 가게답게 부동산 공인중개사의 인상도 세련되고 활기가 넘쳐 보였다.

"어머! 잘되었네요. 마침 공실로 나온 오피스텔이 두 곳 있거든요. 그리고 오피스텔 근처에 10층짜리 상가 건물이 있는데 그곳도 9층과 10층이 임대로 나온 상태거든요. 어떤 사업을 하시려는지 몰라도 바로 위가 옥상이라 공간 활용성이 꽤 좋은 편이거든요. 사업을 크게 하시면 두 층을 한꺼번에 임대로 사용하셔도 좋고요."

"지금 말씀하신 곳들 모두 구경해 보죠."

석기의 말에 공인중개사의 속마음이 들렸다.

[운이 좋은 청년이야. 마침 적당한 타이밍에 우리 가게를 찾아왔어. 매물들이 위치도 좋고 상태도 좋아서 나중에 왔더라면 이미 다른 사람 손에 넘어갔을 거야.]

석기는 속으로 피식 웃으며 박창수와 함께 공인중개사를 따라 오피스텔을 먼저 구경하게 되었다.

적어도 공인중개사가 소개한 물건이 사기당할 염려는 없다는 점에 안심할 수 있었다.

"여기예요. 이 근방 오피스텔 중에서 가장 최신식 건물이죠. 보다시피 건물도 깨끗하고, 주차 공간도 넓고, 실내 인테리어도 다른 곳보다 고급스럽죠. 거기에 가구들도 풀 옵션으로 갖춰진 상태이니 몸만 들어와서 살아도 될 거예요."

공인중개사의 말대로 최신식 오피스텔답게 상태는 양호했다.

무엇보다 마음에 드는 것은 지하 주차장의 공간이 넓어서 주차 문제를 신경 쓰지 않아도 될 터.

사실 지금 석기가 사는 원룸은 주차 공간이 비좁아 밤이면 차를 대기가 어려워 동네를 몇 바퀴를 돌아다녀야만 했다.

게다가 이곳은 20평대라 그런지 방 2개에 거실까지 구비되어 있어, 이제까지 머물던 원룸에 비해선 그야말로 천국이나 다름없었다.

"어때 보여?"

"좋네! 완전 럭셔리하다!"

"나도 마음에 드는데 사지, 뭐."

"뭐, 뭐라고? 이렇게 쉽게 집을 산다고?"

"더 돌아다녀 봤자 이곳만 못할 거야. 그냥 계약할래."

"잘 생각하셨어요! 후회할 물건들은 절대 아니거든요."

석기는 공인중개사의 속마음을 들었다.

다른 곳을 더 다녀 볼 필요가 없다고 생각했다.

"오피스텔은 이곳으로 결정할게요. 그만 사무실을 보러
가죠."

"알겠어요. 사장님이 아주 쿨하시네요! 호호호!"

석기와 박창수는 공인중개사를 따라 오피스텔 근처의 10
층짜리 건물도 구경했다.

오피스텔처럼 최신식 건물은 아니지만 사무실로 사용하기
엔 무난했고, 일단 오피스텔과 가깝다는 점에 걸어서 출퇴근
해도 된다는 점은 아주 마음에 들었다.

옥상은 나중에 물건을 보관하는 장소로 사용해도 좋을 터
였다.

"9층과 10층. 두 곳을 모두 계약할 테니 대신 가격을 잘 절
충해 주셔야 합니다."

"물론이죠. 최대한 사장님이 원하시는 조건으로 절충할
수 있도록 해 볼게요."

"그래 주시면 저야 감사하죠."

원만한 가격으로 계약을 마쳤다.

하루 만에 차도 사고, 집도 사고, 거기에 사무실까지 마련했다.

사무실은 이것저것 손볼 것이 많았지만 오피스텔은 입주 청소까지 되어 있는 상태라서 당장 오늘부터 들어와서 살아도 되었다.

풀 옵션으로 된 오피스텔이었기에 이불과 생필품 몇 가지만 마트에서 사 오면 된다.

마침 같은 층수의 공실 두 곳이 빈 상태라 서로 엘리베이터를 놓고 마주 보는 위치였다.

"내가 1호 라인을 사용할 테니 창수 너는 2호 라인에서 살면 되겠다."

"나 진짜 이런 럭셔리한 오피스텔에서 사는 거 처음인데."

오피스텔 실내를 황홀한 표정으로 둘러보는 박창수를 향해 석기가 흐뭇하게 웃었다.

"너 부장으로 우리 회사에 입사하는 거야! 앞으로 옆에 놓고 부려 먹을 생각에 오피스텔을 제공하는 거니 너무 감격 먹지 마."

"흐흐! 고맙다, 사장아! 뼈 빠지게 충성으로 보답하마!"

"그래, 완전 뽕을 뽑아먹을 테니 단단히 각오하라고."

"완전 대박! 차도 생기고, 이런 멋진 집에서도 살 게 되다니! 이거 너무 좋아서 꿈만 같네!"

"꿈? 한번 꼬집어 줄까?"

"그래! 꽉 꼬집어 봐!"

"그래 볼까?"

"아아악! 씨바! 존나 아파!"

석기에게 팔뚝 살을 꼬집힌 박창수가 죽는다고 비명을 질러 댔지만 표정은 너무도 행복해 보였다.

"하하하! 또 꼬집어 줄까?"

"됐어! 이거 실화 맞아!"

"창수야! 완전 기분 좋다!"

석기도 너무 행복했다.

국산 차에 20평대 오피스텔.

재벌들이 보기엔 이 정도를 가지고 야단법석을 떨고 있는 것이 우습게 보이겠지만 지금 순간만큼은 어느 누구도 부럽지 않았다.

차라리 잘되었습니다

사무실 정비가 끝났다.

실내의 인테리어는 세련되고 깔끔한 이미지로 꾸몄다.

임대한 사무실 중에서 9층은 직원들이 근무하는 사무실로, 10층은 석기를 위한 대표실과 회의실, 그리고 나머지 공간은 행사 홀로 사용하게 되었다.

유토피아 대표 신석기

대표실 집무 테이블에 놓인 명패.

회사 상호를 '유토피아'로 정했다.

유토피아의 본래 의미.

인간이 생각할 수 있는 최선의 상태를 갖춘 완전한 사회로, 이상향을 의미하기도 한다.

신비로운 블루문을 손에 넣고도 억울하게 세상을 떠난 부모님을 생각해서 석기는 일부러 회사 상호를 유토피아로 정하게 되었다.

'블루, 모두 네 덕분이야. 네가 아니었으면 이렇게 내가 회사의 대표가 되는 일은 절대 없었을 거야.'

[저는 그저 마스터를 위해 최선을 다해 서포트할 뿐입니다.]

'그래도 블루가 내 곁에 있는 한 세상에 두려울 것이 없어. 앞으로도 잘 부탁한다, 블루!'

[저야말로 잘 부탁드립니다, 마스터!]

블루와 잠시 대화를 주고받았던 석기는 대표실 안을 감격 어린 눈빛으로 찬찬히 둘러봤다.

대표를 위한 집무 테이블.

차를 준비할 수 있는 탕비실.

안락한 소파가 비치된 휴식 공간.

회귀 전에 석기는 오세라와 결혼을 한 후로 명성기업의 본부장을 지낸 경험이 있었다.

그곳에서 사용했던 집무실은 이곳보다 두 배로 널따란 편이었고 실내 장식도 최고급으로 럭셔리하게 꾸며졌지만, 석기는 이곳이 그곳보다 백배 천배로 마음에 들었다.

이곳은 석기가 세운 회사였다.

아직은 세상에 이름이 알려지지 않은 유토피아였지만 성수를 이용한 화장품과 샘물 사업은 크게 성공할 것이라 믿었다.

똑똑!

밖에서 노크 소리가 들렸다.

말끔한 정장으로 차려입은 박창수가 안으로 들어왔다.

사적으로 만나는 자리에서는 반말해도 상관없지만 회사에서는 서로 존댓말을 사용하기로 했다.

"대표님! 사람들이 모두 도착한 듯싶으니 이제 슬슬 식을 시작하는 것이 좋겠습니다!"

"사람들은 많이 모였나요?"

"적당히 올 사람들만 왔습니다."

"첫술에 배부를 수는 없는 일이죠. 근데 우리 박 부장님! 그렇게 차려입으니 아주 멋지네요."

"흐흐! 대표님이야말로 옷태가 사네요! 어째 같은 옷인데 이리 차이가 나는지 모르겠네요. 이건 옷이 날개가 아니라 얼굴이 날개인가 봅니다!"

"박 부장님! 아부 그만 떨고 행사 홀이나 갑시다!"

"이건 아부가 아니라 진심 팩트입니다!"

박창수의 능청스러운 태도에 석기가 피식 웃어 주었다.

창립식을 위해 어제 백화점에서 똑같은 제품으로 정장을 한 벌씩 사 입은 석기와 박창수였다.

하지만 석기가 걸친 옷은 세계적으로 유명세를 날리는 디자이너가 만든 옷처럼 근사하게 보였다.

두 사람이 행사 홀로 들어섰다.

오늘 유토피아 창립식을 갖게 되었다.

참석한 숫자는 대략 10명 정도.

유토피아 직원으로는 박창수와 구민재, 당장 사무에 필요한 2명의 직원이 다였다.

그랬기에 나머지는 구 노인의 지인들로, 야산 매매계약서를 작성할 때 도움을 준 변호사와 창립식이라고 여기자까지 한 명 참석하게 되었다.

창립식치고는 초라한 분위기였지만 석기의 얼굴은 아주 밝았다.

박창수가 사회를 맡았다.

직원에게 사회를 맡겨도 되었지만 유토피아의 창립식이란 것에 박창수가 직접 사회를 자처했다.

"대표님의 인사말이 있겠습니다!"

석기가 단상으로 올라섰다.

먼저 유토피아 창립을 축하해 주고자 이곳을 찾아온 고마운 이들을 향해 고개를 숙여 인사를 했다.

짝짝짝짝!

석기의 인사에 행사 홀에 참석한 이들에게서 커다란 박수가 울려 퍼졌다.

잠시 후, 석기는 고개를 들어 올려 자세를 바로 했다.

단상 위에 올라서니 사람들이 한눈에 들어왔다.

실내에 자리한 이들 중에서 카메라를 소지한 여기자가 보였다.

찰칵찰칵! 번쩍번쩍!

석기와 시선이 마주치자 여기자가 빙긋 웃으며 카메라 플래시를 터트렸다.

홍민아라는 여기자였다.

여기자는 구 노인이 석기의 사업을 홍보할 목적으로 초대한 기자였는데, 그녀가 속한 K연예매거진은 국내에서도 제법 알려진 곳이었다.

카메라 플래시를 받은 탓에 살짝 고무된 석기의 눈빛이었다.

"유토피아 대표 신석기입니다. 비록 시작은 미미하게 출발하게 되었지만, 앞으로 우리 유토피아는 세계적인 유명한 회사가 될 것이라 자신합니다. 저희 유토피아에서 주력하는 사업은 화장품과 샘물입니다. 유토피아에서는 양보다 질로 승부할 겁니다. 소량으로 고액의 제품을 만드는 것이 제가 하려는 사업 방식입니다. 대한민국에서 최고의 명품 화장품과 명품 샘물을 만드는 것이 목표입니다. 유토피아의 첫 출발을 함께해 주신 여러분께 진심으로 감사드립니다."

와아아! 짝짝짝짝!

석기의 인사말이 끝나자 행사 홀에 모인 이들이 힘차게 박수를 보냈다. 특히 구 노인은 야산이 석기의 사업에 발판이 되어 준 것에 감정이 잔뜩 고양된 분위기였고, 구민재는 어엿한 유토피아의 직원이 된 것에 감개무량한 기색이었다.

창립식이 끝났다.

단상에서 내려온 석기는 창립기념으로 준비한 증정품을 사람들에게 나눠 주며 악수를 나누었다. 증정품은 예쁘게 포장된 비누였다.

유토피아 화장품의 첫 작품인 셈이다.

"바쁜 시간을 내주셔서 감사합니다. 이건 저희 유토피아 화장품에서 첫 번째로 제조한 비누입니다. 조만간 세간에 출시할 계획입니다. 피부에 탁월한 효과가 있으니 사용해 보시기 바랍니다."

지금은 증정품으로 이렇게 공짜로 나눠 주고 있지만, 나중에는 구하고 싶어도 쉽게 구하기 어려운 비누가 될 것이다.

연예인

아직 공식적으로 비누 명칭을 정하진 않았지만, 석기는 유토피아 화장품에서 첫 번째 작품인 비누를 '연예인'으로 칭할 생각이었다.

비누를 사용하면 연예인처럼 아름다운 얼굴을 만들어 준

다는 의미에서 말이다.

그리고 또 다른 의미에선 비누의 명칭이 대중의 기억 속에 금방 자리를 잡게 만들려면 뭔가 독특해야 한다고 생각했다.

비누 제작은 석기 아이디어였다.

아직 유토피아가 세상에 알려지지 않은 상태였기에 첫 시작은 욕심을 부리지 않기로 했다.

사람들이 거부감이 들지 않으며 자주 사용하는 것.

그래서 떠올린 것이 바로 비누였다.

비누 만드는 공법은 간단했다.

야산에서 자생하는 인진쑥에 3일짜리 성수를 첨가하자 그럴싸한 비누가 탄생하게 된 것이다.

성수는 석기가 제공했지만, 야산에서 인진쑥을 채취하는 일과 비누 제작은 구민재의 도움이 중요하게 작용했다.

현재 구 노인의 저택 지하.

그곳에서 비누가 제조되고 있는 상황이었다.

저택 지하실은 구민재가 과거에 화장품 회사를 다닐 때 집에서도 연구할 목적으로 만들어 놓은 곳인데 석기 사업에 유용하게 사용되게 되었다.

야산의 연구실이 완공되기까지는 당분간은 저택 지하실을 비누 제조하는 장소로 활용하기로 했다.

"신 대표님! 인터뷰 가능할까요?"

"가능합니다! 여기보단 제 사무실로 자리를 옮기죠."

"그게 좋겠네요."

행사 홀 한쪽에는 떡과 음료가 준비되어 있어 그곳에 사람들이 모여서 먹느라 어수선한 분위기였다.

석기는 조용한 곳이 인터뷰를 진행하기에 좋을 것이라 생각하여 홍민아를 대표실로 이끌었다.

"여기가 제 사무실입니다."

"아늑하니 좋네요."

"커피와 녹차 중에 뭐로 드릴까요?"

"녹차가 괜찮겠네요."

"알겠습니다. 차를 준비할 테니 소파에 앉아 계세요."

"대표님이 직접 차를 타 주시는 건가요?"

"그럴 생각인데 싫으신가요?"

"아뇨, 영광입니다. 호호!"

석기는 홍민아를 소파에 앉도록 하고는 탕비실에서 녹차를 준비했다.

'1분짜리 성수!'

정수기의 물을 성수로 만들었다.

1분짜리 성수는 치료가 목적이 아니었기에 차를 마시는 용도로 딱 적당했다.

"드시죠."

"잘 마실게요."

석기도 소파에 앉아 녹차를 마셨다.

맞은편의 홍민아의 얼굴을 살펴봤다.

이목구비는 제법 예쁘장했지만 피부에 트러블이 심해서 매력을 제대로 발휘하지 못하고 있었다.

피부만 좋아진다면 충분히 미인 소리를 들을 수 있을 것이다.

[헐! 뭐지? 녹차가 이런 맛이었나? 지금까지 마신 녹차 중에서 최고로 맛있다.]

홍민아의 속마음이 들렸다.

석기가 타 준 녹차가 아주 마음에 드는 눈치였다.

성수가 들어가니 지금까지 그녀가 마신 녹차와는 차원이 다를 수밖에 없을 것이다.

녹차를 정신없이 흡입했던 그녀가 민망한지 머그잔을 내려놓고는 인터뷰를 시작했다.

그녀도 창립 증정품으로 준 비누를 하나 받았는데 그것에 호기심을 갖고 있는지 그것부터 물었다.

"비누를 증정품으로 주셨는데 효과가 정말 있을까요?"

"물론입니다. 홍 기자님의 피부 정도면 하루아침에 몰라볼 정도로 깨끗하게 치유가 될 겁니다."

"정말 그렇게 된다면 제가 책임지고 유토피아에서 제조된 비누를 홍보해 드리겠습니다."

홍민아는 석기의 말을 농담으로 받아들였다.

사실 그녀는 자신의 얼굴 피부가 좋아진다면 더한 일도 얼마든지 해 줄 수 있다는 심정이었다.

워낙 심한 피부의 트러블이었다.

증정품 비누로 결코 치유될 리가 없다고 생각했다.

하지만 홍민아의 말을 들은 석기의 눈빛이 반짝였다.

"홍 기자님! 방금 하신 말씀 저 잊지 않고 있겠습니다!"

"호호! 그러세요. 정말 효과를 보게 된다면 저 기자 때려 치우고 유토피아 홍보실에서 일할게요!"

아직은 홍보팀 직원은 뽑지 않았지만 사업을 지속적으로 홍보하려면 홍보팀도 당연히 필요했다.

홍민아 같은 인재가 홍보팀에서 일해 준다면 석기로선 더 없이 잘된 일이긴 했다.

"명성기업을 다니시다가 회사를 그만두고 사업을 하시게 되었다고 들었는데, 사업 자금은 어떻게 마련하신 거죠?"

"운이 좋았던지 로또에 당첨된 돈을 코인에 투자했는데 그 것이 크게 불어나게 되었습니다. 해서 화장품과 샘물 사업을 결심하게 되었습니다."

"명성기업에서 화장품과 샘물 사업을 운영하고 있는 것으로 아는데 이렇게 되면 그만둔 명성과 경쟁 업체가 되는 셈 이겠군요."

"그렇게 되겠죠."

"같은 업종으로 사업을 하신다면 아직 기반이 다져지지 않은 유토피아로선 명성기업을 상대하기엔 많이 불리할 것이라 봅니다. 이 점에 대해선 어떻게 생각하시죠?"

"당장은 명성기업을 뛰어넘지 못하겠지만 시간이 흐르면 반드시 저희 유토피아가 명성을 압도하는 기업이 될 것이라 생각합니다."

"포부가 대단하시군요. 아까 단상에서 사업 방식을 말씀하셔서 드리는 질문인데요. 만일 증정품 비누가 세간에 출시될 시 가격을 얼마로 책정하실 생각이시죠?"

"300만 원을 받을 생각입니다."

"네에? 비누 하나에 300만 원이나 받는다고요?"

"그렇습니다! 그만한 가치를 하는 비누이기 때문입니다."

"그래도 너무 고액이 아닐까 싶은데요?"

"저희 유토피아에서 제조한 비누는 피부에 탁월한 효과가 있는 비누입니다. 피부에 큰 문제가 없는 사람들에게는 비누를 사용할 시 피부에 탄력과 윤기를 더해 주지만, 피부에 심한 문제가 있는 사람에겐 마법과도 같은 효과를 보여 줄 겁니다. 피부에 고질적인 문제가 있어서 그동안 병원에 갖다 바친 돈을 생각한다면 300만 원이라는 금액은 결코 큰 액수가 아닐 겁니다."

홍민아 기자는 지금 인터뷰 중이라는 것을 잊을 정도로 석기의 말에 그만 입을 떡 벌리고 말았다.

[헉! 미친 거 아냐? 비누 하나에 300만 원이라니? 그리고 무슨 자신감으로 이리 호언장담하는 거지? 어르신께 과거에 입은

은혜만 아니라면 결코 여길 찾아올 일도 없었을 텐데. 잘생긴 젊은 사업가라 좋게 봐주려 했더니 허풍이 너무 심해.]

홍민아의 속마음이 들렸다.

그녀는 석기의 말을 전혀 믿지 않고 있었다.

하지만 그녀가 비누를 사용하게 된다면 누구보다 열심히 석기의 사업을 홍보해 줄 것이라 여겼다.

"대표님! 비누를 출시하게 된다면 명칭은 뭐라고 정하실 거죠?"

"연예인 비누라고 정할 생각입니다."

"연예인 비누요?"

"연예인이 부럽지 않을 정도로 피부를 아름답게 만들어 줄 비누이기 때문입니다."

석기의 대답에 홍민아의 입이 다시 한번 떡 벌어졌다.

[이 남자, 진짜 허풍이 너무 심각하네.]

석기의 인터뷰가 끝났다.

홍민아 기자는 돌아갔다.

그녀의 속마음을 통해 석기를 허풍이 심한 사람으로 오해하고 있다는 것을 알게 되었지만 그것을 바로잡을 행동을 취하지는 않았다.

어차피 비누를 써 보면 석기의 말이 진실이라는 것을 그녀도 알게 될 터였기에 말이다.

비누에 들어간 성수.

야산에
묻혀버렸더니

3일짜리 성수였다.

10일짜리로 괴물처럼 흉측하게 일그러진 구민재의 얼굴 피부를 감쪽같이 치유한 상태였다.

3일짜리 성수면 충분히 홍민아의 피부 트러블을 깨끗하게 만들어 줄 수 있을 것이라 여겼다.

'비누 하나에 300만 원이란 금액이 너무 심한가?'

석기야 신비로운 성수의 가치를 알고 있기에 비누 하나에 300만 원을 받아도 된다고 생각하고 있지만, 홍민아가 300만 원이라는 소리에 미쳤다는 생각까지 한 것을 보니 비누 단가를 너무 높게 잡았나 싶은 생각도 들었다.

'그렇다면 비누 가격을 정하는 문제는 상의해 보는 것도 괜찮겠군. 각자 생각들이 다를 테니 들어 보면 뭔가 답이 나오겠지.'

석기가 행사 홀로 들어섰다.

박창수와 구민재는 직원 2명과 뒷정리를 열심히 하고 있었고, 창립식에 참석했던 구 노인의 지인들은 돌아가지 않고 다과 테이블에 모여서 담소를 나누고 있는 상황이었다.

이곳에 준비한 차에도 성수가 적용된 탓에 차를 마시는 이들의 표정이 하나같이 행복해 보였다.

사실 구 노인의 지인들이 오늘 유토피아의 창립식에 참석한 것은 이유가 있었다.

변호사를 제외한 나머지 세 사람은 석기의 사업에 투자하

거나 앞날에 도움을 주려는 이들이었다.

과거에 천운그룹의 비서실장을 지낸 인물답게 구 노인의 인맥들은 하나같이 짱짱했다.

첫 번째로 경기도 일대에서 땅 부자로 알려진 멋쟁이 베레 모를 착용한 '나용한'은 화장품 공장과 샘물 공장을 세울 부 지를 제공하기로 했다.

두 번째로 노년치고 상당히 우아한 아름다움을 뽐내고 있 는 홍일점 '서연정'은 국내에서 명품 백화점으로 알려진 갤로 리아의 최대 주주이자 표면적인 직함은 고문이사였다. 그녀 는 나중에 석기가 만든 화장품과 샘물을 백화점에 입점하도 록 입김을 넣어 줄 존재였다.

그리고 마지막 세 번째로 잠바를 걸쳤지만 눈빛이 범상치 않은 '정길한'은 명동에서 큰손으로 통하는 사채업자였다.

정길한은 석기가 만일 사업 자금이 필요하다면 당장 돈을 융통할 수 있도록 해 주겠지만, 다행히 코인 대박을 터트린 바람에 사채를 끌어 쓸 정도는 아니었다.

하여간 이들 셋을 유토피아의 창립식에 데려온 것은 모두 석기를 도우려는 구 노인의 처사였다.

"우리 대표님 인물이 훤칠하니 연예인을 하셔도 크게 성공 하겠네요! 호호!"

이곳에서 유일한 홍일점 서연정이 석기의 외모를 칭찬하 자, 석기를 극진하게 여기고 있던 구 노인은 마치 자신이 칭찬이라도 받은 듯이 흐뭇하게 웃었다.

"좋게 봐주셔서 감사합니다, 어르신들. 식당을 예약해 놓
았으니 다들 그곳으로 자리를 옮기시죠. 여기까지 오셨는데
그래도 식사는 하고 가셔야죠."

"그럼 그럴까?"

"떡을 먹기는 했지만 그래도 밥은 먹어야겠지."

"저도 좋아요, 호호!"

앞으로 석기 사업에 도움을 줄 이들이기도 했고, 창립식에
찾아온 손님들을 그냥 보낼 수 없었기에 식사를 대접할 생각
으로 근처 식당을 예약해 놓은 상태였다.

다행히 누구도 빠짐없이 예약한 식당으로 움직이게 되었
다.

식당에 도착했다.

직원들은 홀에서 식사하도록 하고, 예약한 룸 안에는 석기
와 박창수와 구민재, 그리고 구 노인과 지인들만 들어가게
되었다.

고급 한식집답게 요리도 정갈했고 갈비찜이니, 조기니, 이
것저것 먹을 것이 많이 나와 상이 푸짐했다.

점심 식사를 맛있게 하고 나서 후식으로 나온 차를 마시는

데 다들 석기 회사에서 마셨던 차와 비교가 되는지 표정들이
뭔가 이상했다.

[이거 차 맛이 영 아니구먼.]

[아까 마신 차는 정말 좋았는데.]

[그 차를 마신 후로 몸이 매우 가벼워진 느낌이었는데. 어디
서 구한 건지 나중에 물어봐야겠다.]

나용한, 정길한, 서연정. 셋의 속마음이 들려왔다.

성수가 들어간 차와 아닌 차.

확실히 비교될 수밖에 없을 것이다.

'식사도 끝났으니 비누 가격에 대해 물어보는 것도 좋겠
군.'

여러 사람들이 있는 자리라 마침 좋은 기회였다.

석기가 정한 비누 가격 300만 원을 어찌 생각할지 궁금했
다.

"식사가 입맛에 맞으셨는지 모르겠군요."

"식사는 괜찮았는데 차 맛이 마음에 안 드네요."

"우리 회사에서 마신 차와 맛이 다를 겁니다."

"맞아요. 잘 아네요."

"우리 회사에서 준비한 차에는 특별한 물이 들어갔기 때문
입니다."

"특별한 물?"

"나중에 판매하게 될 유토피아 샘물로 차를 타서 마시면

아까 회사에서 마신 차 맛을 느끼실 수 있을 겁니다."

"호오? 그렇담 차가 아니라 물이 문제였구먼."

"그렇습니다, 어르신!"

땅 부자 나용한을 향해 석기가 웃으며 고개를 끄덕여 주었다.

홍일점 서연정은 석기의 말에 관심을 보였다.

"그런 샘물이라면 우리 백화점에 꼭 입점해야겠네요. 호호!"

"앞으로 유토피아 샘물은 명품 샘물로 자리매김하게 될 것이니 여사님의 백화점 수준에 잘 어울릴 것이라 여겨집니다."

"좋아요! 샘물을 출시하기 전에 꼭 내게 먼저 가져와야 해요!"

"그러겠습니다, 여사님!"

식사 자리에서도 사업 수단을 발휘하는 석기의 태도에, 비록 멍석을 깔아 주긴 했지만 잘 활용할 줄 아는 석기가 대견했던지 구 노인은 흡족하게 웃었다.

"이왕 이렇게 여럿이 모인 자리이니 여러분의 의견을 들어보고 싶군요. 실은 샘물보다는 아까 회사에서 증정품으로 나눠 드린 비누가 더 빨리 출시가 되지 않을까 생각합니다. 그런 의미에서 비누 가격을 정해야 하는데, 어느 정도의 금액이 적당하다고 생각하시는지 기탄없이 말씀해 주시면 참고

하여 반영토록 해 보겠습니다."

먼저 구 노인이 석기에게 물었다.

"선생님께서 생각하신 가격대가 있으실 것 아닙니까? 그걸 들어 보고 나서 저희 의견을 말하는 것이 좋겠습니다."

역시 구 노인은 과거에 천운그룹에서 비서실장을 지낸 존재답게 분위기 파악이 빨랐다.

그런 구 노인의 말에 박창수와 구민재도 궁금한 기색으로 석기 얼굴을 쳐다봤다. 아직 석기가 비누 가격에 대해서 밝힌 적이 없었기에.

"여기 오기 전에 홍민아 기자님과 잠시 인터뷰했습니다. 비누가 출시될 경우 가격대를 얼마로 정할지 물어보시기에 저는 300만 원을 언급했습니다. 저로선 그만한 가치가 있는 비누이니 그런 가격대를 설정한 것이지만, 제 말을 들은 기자님 표정이 굳어진 걸로 보아서 가격대가 너무 센 편이었던 모양입니다. 아직 사업가로서 여러모로 부족한 저입니다. 해서 이 자리를 통해 이렇게 여러분의 의견을 여쭤보게 된 것이고요."

박창수가 좌중을 둘러보더니 슬쩍 자신의 의견을 밝혔다.

"제가 생각해도 비누 가격대가 300만 원이면 좀 세다는 생각입니다. 앞으로 다른 화장품도 출시할 텐데 비누 가격이 그 정도라면 다른 화장품 가격은 더욱 높게 설정해야 할 겁니다. 물론 유토피아에서 만든 제품들을 명품으로 승부를 보겠다는 대표님으로선 비누 가격을 3백으로 잡은 것은 충분히 이해됩니다. 하지만 문제는 고객들의 접근성도 고려해야 할 것이란 점입니다."

역시 박창수 장점이 나왔다.

뛰어난 분석력을 보여 주었다.

"그럼 박 부장님은 비누 가격이 어느 정도가 적당하다고 봅니까?"

"저는 30만 원으로 책정하면 어떨까 싶습니다."

"30만 원이면 십분의 일로 가격이 줄어 버린 셈이네요."

"저도 마음 같아선 대표님처럼 3백을 불러 버리고 싶지만, 유토피아가 아직 신생이라는 점에 비누는 대중에 알리는 첫 신호탄이 되어야 한다고 생각합니다. 그렇다고 너무 저렴한 가격대로 책정할 경우 비누의 가치를 떨어트리는 문제가 발생할 수 있습니다. 그래서 한번 질러볼 수 있는 가격대가 30만 원이라고 생각했습니다."

박창수 의지를 읽을 수 있었다. 석기 사업을 자신의 일처럼 열정을 갖고 있음을.

역시 박창수를 명성에서 데리고 온 것은 아주 잘한 일이라 생각했다.

"저도 박 부장님의 의견이 괜찮다고 생각해요."

구민재가 고갤 끄덕거렸다.

직접 비누를 만든 구민재였기에 비누를 만드는 데 들어가는 단가가 얼마인지를 익히 알고 있어서인지 박창수 의견을 동조했다. 물론 성수의 가치는 돈으로 환산할 수 없음을 구민재도 알고는 있다. 그렇지만 비누는 1명에게 판매하는 것이 아니라 대중을 상대로 하는 장사라는 것에 박창수가 말한 30만 원이 적당하다고 여겼다.

'30만 원이라……'

물론 30만 원도 큰 금액이다.

만일 예전 같으면 비누 하나에 30만 원이라면 미친 가격이라고 욕했을지도 모른다.

시중에 나온 고가의 비누도 만 원 단위가 넘어가는 비누는 구매율이 현저히 떨어지긴 했다.

"여사님께선 어떻게 보시죠?"

석기는 명품 백화점 고문 이사인 서연정의 의견이 궁금했기에 그녀의 얼굴을 쳐다봤다.

"흐음, 솔직히 나야 3백이라도 물건만 괜찮다면 얼마든지 구매할 용의가 있죠. 하지만 박 부장 말대로 아무리 피부에 효과가 좋은 비누라도 일반적으로 비누 하나를 3백을 주고 구입한다는 것은 접근성이 떨어지는 가격대이긴 하겠네요."

서연정도 박창수 의견을 좋게 평가했다.

그때 잠자코 듣고만 있던 명동의 큰손 정길한이 의견을 밝혔다.

"그렇다면 100만 원은 어떤가요? 3백에서 삼분의 일만 가격을 다운시킨다면 괜찮을 듯싶은데요. 명품이 괜히 명품이 겠어요? 그래도 가격대가 웬만큼 비싸야 사람들이 관심을 더 보일 테니까요."

정길한의 의견에 옆자리에 앉은 땅 부자 나용한도 고개를 끄덕거리며 동조했다.

"그것도 괜찮겠네. 본래 인간의 심리가 손에 넣기 어려운 것일수록 더욱 손에 넣고 싶어 환장하는 법이지. 30만 원은 신 대표에게도 너무 타격이 클 테니 100만 원이면 가격이 딱 적당하겠군."

석기가 좌중을 둘러봤다.

300만 원으로 정하려던 비누 가격이, 30만 원과 100만 원 이라는 두 가지 의견이 나온 상황이다.

두 의견 모두 타당성이 있었다.

그렇다면 이제 식사 자리에 참석한 이들 중에서 의견을 말 하지 않은 사람은 구 노인과 변호사 양반이 다였다. 두 사람 은 지금 나온 두 가지 의견이 모두 괜찮다고 생각해서인지 최종 결정은 회사의 대표인 석기가 내리도록 입을 함구하고 있었다.

석기도 갈등이 되었다.

아쉽지만 석기가 정한 300만 원은 확실히 부담스럽다는 결론이 나온 셈이었다.

그랬기에 30만 원으로 정하든지.

아니면 100만 원으로 정하든지.

둘 중 하나가 답이라는 것이다.

'비누를 사용해 보지 못한 상태이니 300만 원을 비싸다고 생각할 수도 있을 거야. 하지만 비누를 사용해서 효과를 본 상태라면 300만 원이란 금액도 결코 비싼 것이 아니라고 여길 텐데.'

석기는 대중에 유토피아에서 만든 제품들은 확실하게 차별화를 느끼게 만들고 싶었다.

그래서 첫 작품으로 만든 비누를 300만 원으로 정한 것이다.

"그렇다면 이러면 어떨까요?"

석기는 모두가 머리를 맞대고 기껏 의견을 내주었는데 그걸 무시하는 것은 아니라 생각했다.

해서 절충안을 꺼내게 되었다.

"유토피아에서 처음으로 내놓은 비누는 '연예인'이란 명칭으로 시판될 계획입니다. 연예인처럼 아름다운 외모를 갖게 해 준다는 의미로 비누 명칭을 그리 정했습니다. 그리고 비누 가격을 300만 원으로 정한 것은 명품으로 대중에 어필하기 위해서였는데 가격대가 소비자들의 접근성이 떨어진다는 점을 지적해 주셨습니다. 그래서 저는 여러분의 의견을 참고하여 세 가지 방식으로 비누를 시판하는 것도 괜찮겠다는 생각이 들었습니다."

석기의 발언은 모두의 관심을 끌기에 충분했기에 다들 집중하여 그의 얼굴을 주시했다.

석기는 다시 말을 이어 나갔다.

"그러니까 오늘 증정품으로 드린 비누와 품질 면에서 약간의 차이를 두고 세 가지 방식으로 가격대를 달리하여 비누를 시판할 생각입니다. 〈연예인 1호〉는 처음 정한 300만 원으로 가격대를 정할 겁니다. 다음으로 〈연예인 2호〉는 가격대를 100만 원으로 정하겠습니다. 마지막으로 〈연예인 3호〉는 30만 원으로 정할 생각입니다. 물론 가격대가 더 비싼 비누가 당연히 효과가 뛰어날 것은 사실이지만, 〈연예인 2호〉나 〈연예인 3호〉도 일반 비누에 비해선 상당히 품질이 우수할 것이라 자부할 수 있습니다. 이런 제 계획이 여러분이 보시기엔 어떤지 모르겠군요."

그때 비누 가격대를 30만 원으로 주장했던 박창수가 석기를 향해 엄지 척을 해 보였다.

"대표님! 진짜 마음에 듭니다! 왜 이 생각을 못 했나 싶네요."

"저도 진짜 마음에 듭니다!"

구민재까지 엄지를 들어 보였다.

뒤를 이어 비누 가격대를 100만 원을 언급했던 큰손 정길한과 땅 부자 나용한도 웃으며 엄지 척을 해 보였고, 홍일점 서연정은 환하게 웃으며 박수를 보냈다.

"호호! 저도 진짜 마음에 듭니다!"

마지막으로 구 노인과 변호사 양반도 웃으며 고개를 끄덕여 주었다. 특히 구 노인은 석기가 원하는 방식대로 비누 가격대가 책정된 것을 속으로 잘되었다며 기뻐했다.

"저도 진짜 마음에 듭니다! 허허!"

⚜

집으로 돌아온 홍민아 기자.

부모님은 경기도 일대에서 과수 농사를 하고 계시고, 그녀는 상계동 소형아파트에서 올해 대학생이 된 여동생 홍진아와 살고 있었다.

그녀가 구용우와 인연을 갖게 된 것은 대학 시절에 비롯된 일이다. 그때 당시 부모님이 하시던 과수 농사가 크게 망해 버리는 바람에 휴학계를 내야 할 상황이었는데, 이를 딱하게 여긴 구용우가 그녀의 학비를 지원해 준 것이다.

그녀는 구용우 덕분에 무사히 대학을 졸업하고 K연예매거진에 입사할 수 있었다.

그런데 그동안 단 한 번도 그녀를 도와준 걸로 생색을 낸 적이 없던 구용우가, 웬일로 이번에 처음으로 부탁이란 것을 했다.

구용우의 왈, 얼굴도 잘생기고 인성도 바르고 재능도 뛰어난 젊은이가 이번에 회사를 하나 차렸는데 그녀에게 창립식에 참여해 줄 것을 부탁했다.

그동안 입은 은혜도 있었기에 그녀는 흔쾌한 마음으로 구용우가 말한 젊은이의 창립식에 참석했다.

구용우가 그녀를 부른 이유는 젊은이가 차렸다는 회사 홍보를 위해서임을 눈치챘지만, 워낙 그를 좋게 포장해 주었기에 나름 그녀도 기대를 갖게 되었다.

그랬는데.

대표 얼굴이 잘생긴 것은 맞았다.

연예인이라고 해도 믿을 정도로 준수한 외모였고 어른들을 대하는 태도도 나무랄 데 없었다.

하지만 허풍이 너무 심했다.

허풍 심한 남자를 질색했기에 속으로 크게 실망했다.

게다가 그런 남자의 사업을 위해서 홍보 기사까지 써 줘야 한다니 너무 우울했다.

"언니 왔어?"

"응."

"라면 끓일 건데 언니도 같이 먹을래?"

"그러지, 뭐."

여동생이 외출을 나갔다가 축 쳐진 기색으로 돌아온 홍민아를 웃으며 반겨 주었다.

그러다 그녀는 홍민아의 손에 들린 포장된 물건을 관심을 갖고 쳐다봤다.

"그건 뭐야?"

"증정품으로 받은 비누."

"비누 회사 다녀온 거야?"

"아니, 화장품과 샘물을 취급한다고 하는데, 내가 보기엔 거기 대표 허풍이 너무 심한 거 같더라."

"뭐라고 했기에 그래?"

"너, 이 비누 가격이 얼마 같아?"

"비싸 봤자 만 원 정도 하지 않을까?"

여동생이 저리 생각하는 것은 지극히 정상이었다.

사실 만 원도 비쌌다.

자매가 사용하고 있는 비누는 아주 저렴했기에.

"이게 3백이라면 믿기니?"

"3백? 진짜? 레알 300만 원?"

"그래, 완전 웃기지?"

"그 대표 미친 거 아냐?"

"내 말이."

비누 가격이 3백이라는 소리를 들은 여동생은 처음에는 펄쩍 뛰는 반응을 보이더니, 호기심이 생겼는지 포장된 상자에 코를 가져다 대며 킁킁거리기까지 했다.

"쑥 냄새 같은 게 나는데?"

"쑥 비누인 모양이지, 뭐."

"이거 까 봐도 돼?"

"마음대로."

여동생에게 포장된 물건을 건넨 홍민아는 방으로 들어가지 않고 가방만 내려놓고 서서 지켜보았다. 사실 홍민아도 호기심이 일긴 했다.

대체 어떤 비누이기에.

3백씩이나 받아먹을 생각을 하는지 아주아주 궁금했다.

"에게? 아주 작은데?"

"그러게. 쥐 콩 만하네."

"요렇게 작은 비누가 3백이라니 웃기긴 하다."

"내 말이."

연녹색의 동그란 비누 형체.

일반적인 비누 크기와 확연히 차이가 날 정도로 작은 사이즈였다.

"고급 비누라 그런지 향은 좋네. 근데 열 번 정도 쓰면 비누가 다 닳겠는데. 그럼 한번 사용하는데 30만 원? 완전 대박이다! 킥킥!"

여동생이 손바닥에 올려놓은 비누를 바라보며 비웃었다.

저렴한 비누를 사용하는 자매에겐 사실 너무 어이가 없는 비누였기에 말이다.

"이런 비누를 사는 사람이 있을까?"

"부자들이야 피부에 좋다면 3백이라도 얼마든지 쓰겠지."

"하긴 화장품 회사에서 나온 비누이니 피부에 좋기는 하겠네."

"대표 말로는 자기 물건이라 그런지 피부에 좋다고 하는데…… 허풍이 보통 심한 것이 아냐. 그걸 사용하면 하루아침에 내 피부가 몰라보게 좋아질 거래. 내가 그 말을 믿을 거같아? 진짜 웃겨! 어르신만 아니었음 절대 참석하는 것이 아니었는데."

홍민아가 신생 회사 대표를 씹어 대는 말에, 여동생은 의외로 흥미롭다는 기색이 역력했다. 그러다 주머니에서 핸드폰을 꺼내더니 홍민아에게 말했다.

"언니! 거기 똑바로 서 봐!"

"왜? 뭐 하려고?"

"비포 앤 애프터! 비교 사진 찍으려고 그래."

"내 얼굴을 찍겠다고?"

"언니 그쪽 회사에 간 거 어르신 때문에 간 거잖아. 어차피 이왕 회사 홍보를 해 주려면 확실한 것이 좋지 않겠어? 대표 말이 뻥이라고 해도 공짜로 300만 원짜리 비누를 받았으니 후기를 올려 주는 것이 인지상정! 자, 날 보고 웃어! 아, 아니다! 차라리 맨 얼굴로 찍는 것이 보다 효과가 좋겠는데?"

홍민아의 콤플렉스는 얼굴 피부. 그런 홍민아에게 맨 얼굴을 드러내라는 여동생의 말에 홍민아가 길길이 날뛰었다.

야시에
묻혀버렸더니

"야! 홍진아! 너 제정신이야! 나보고 맨 얼굴을 드러내라고?"

"살신성인의 정신! 그래야 확실하게 비교가 될 거 아냐. 정 효과가 없으면 대표의 말이 뻥이라는 것이 입증된 셈이니 홍보를 안 해 줘도 상관없을 거고. 안 그래?"

"조것이 입만 살아서!"

"기자가 되려는데 말발이 딸리면 숟가락 내려놓아야지. 얼른 가서 씻고 와. 예쁘게 찍어 줄 테니."

홍민아 여동생 홍진아도 언니처럼 기자가 되는 것이 목표였다. 여동생을 째려보던 홍민아가 결국 욕실로 가서 얼굴을 씻고 왔다.

얼굴에 덕지덕지 발랐던 화장이 지워지자 피부의 트러블이 더욱 적나라하게 드러났다.

핸드폰 설정을 카메라로 바꾼 여동생이 그런 홍민아를 향해 핸드폰을 들이대며 말했다.

"자! 치즈든, 김치든 웃어!"

"얼른 찍기나 해!"

찰칵찰칵! 찰칵찰칵!

그렇게 핸드폰으로 홍민아의 맨 얼굴을 여러 각도에서 찍은 여동생이 이번엔 언니가 증정품으로 받아온 쑥 비누를 건넸다.

"언니! 이걸로 다시 씻고 와야겠다! 한번 사용하는 데 30

만 원이라니 즐거운 마음으로 씻어!"

"빌어먹을! 효과만 없으면 홍보고 뭐고 절대 해 주지 않을 테다!"

홍민아는 욕실로 다시 들어갔다.

증정품으로 받은 비누이긴 했지만 이걸 사용 안 하고 뒀다가 나중에 팔면 3백을 받을 수 있으려나, 하는 생각이 살짝 들었다.

"하아!"

하지만 홍민아는 욕실 거울에 비춘 자신의 얼굴을 바라보자 한숨이 절로 흘러나왔다.

여동생은 얼굴 피부가 비교적 좋은 편이었지만 언니인 홍민아는 사춘기 시절부터 얼굴 피부에 문제가 심각했다.

유명하다는 피부과도 다녀 보고 피부에 좋다는 온갖 한약도 먹어 보았지만 전혀 차도가 없어 이제는 화장으로 얼굴을 가리고 사는 수밖에 없었다. 그러다 보니 악순환의 연속이었다. 두꺼운 화장이 안 그래도 트러블이 심한 피부에 좋지 않다 보니 더욱 피부를 악화시킨 탓이다.

'나도 피부만 좋다면 예쁘다는 소리를 듣고 살 수 있었을 텐데.'

홍민아는 초등학교 시절에는 얼굴 피부가 괜찮아서 주변 사람들에게 예쁘다는 소리를 곧잘 들었지만, 사춘기를 맞이하여 피부에 트러블이 심하게 나고부터는 예쁘다는 말을 한

번도 듣지 못했다.

'모르겠다. 속는 셈 치고 한번 써 보지, 뭐.'

홍민아가 비누를 이용하여 세안에 들어갔다.

쏴아아! 어푸어푸!

어차피 유토피아는 아직 신생 회사라 달리 홍보할 내용도 많지 않다 보니 증정품으로 준 비누에 대한 후기를 올리는 것이 좋았다.

그러려면 싫어도 비누를 직접 사용해 보는 수밖에 없었다.

'뭐지? 뭔가 느낌이…….'

비누를 써 본 소감.

일단 쑥 향이 은근하니 좋기는 했는데, 문제는 이제까지 써 본 비누와는 뭔가 다른 느낌을 주었다는 것이다.

얼굴 피부가 너무 가볍다.

그리고 비누를 한번 사용했을 뿐인데 숲속의 아침 공기를 듬뿍 마신 듯이 너무도 기분 좋은 청량함까지 느껴졌다.

'역시 화장품 회사에서 만든 고급 비누라 그런지 다르긴 하네.'

수건으로 얼굴 물기를 닦은 그녀.

비누 사용 소감은 나쁘지 않았기에, 슬며시 거울에 비친 자신의 얼굴을 조금은 기대감을 갖고 확인하게 되었는데.

"헐……."

홍민아 동공에서 지진이 일어났다.

'저게…… 내 얼굴이라고?'

겨우 한번 비누를 사용했다.

대표의 말로는 한번만 사용해도 크게 효과를 볼 것이라는 말을 하긴 했지만, 그때 당시에는 허풍이라고 생각했다.

하지만…….

얼굴에 있던 트러블이 마법처럼 사라진 상태였다.

약간의 흔적이 살짝 남은 상태이긴 했으나 이 정도는 감히 트러블이라고 부를 가치도 없었다.

허풍이 심하다고 생각했는데.

그의 말은 사실이었다.

"지, 진아야!"

욕실에서 뛰쳐나온 홍민아.

안 그래도 핸드폰을 들고 언니가 세안을 마치기를 밖에서 기다리고 있던 여동생 홍진아.

"대, 대박! 언니 얼굴이……!"

여동생이 깜짝 놀란 기색으로 홍민아 얼굴을 쳐다봤다.

❋

젤로리아 백화점 고문이사 서연정.

집에 돌아오자 욕실로 들어선 그녀.

노년의 나이치고는 아름다운 그녀의 외모였지만 피부는

세월을 피해갈 수가 없었다.

아무리 관리를 열심히 해도 탄력을 잃은 피부는 쉽게 회복되지 않았다.

'증정품으로 받은 비누를 한번 사용해 볼까?'

서연정은 오늘 유토피아 창립식을 찾아간 이유는 사실 석기의 사업을 축하해 주려는 목적도 있었지만 구용우의 아들 구민재 때문이었다.

오랜 기간 괴물처럼 흉측한 얼굴로 지냈던 구민재가 얼굴이 말끔히 치유가 되어 사회생활을 하게 된 것이 진심으로 기뻤다.

'용우 씨도 이제 아들 때문에 더는 마음고생을 하지 않아도 되어서 다행이긴 하지만…… 아무리 생각해도 민재 얼굴이 하루아침에 그리 감쪽같이 치유가 된 건 뭔가 이상해.'

그런 생각 때문인지 오늘 유토피아 창립식에서 구용우가 석기를 대하는 태도가 마음에 걸렸다.

구용우는 한참 어린 석기를 향해 마치 큰 은혜라도 입은 사람처럼 극진한 태도로 선생님, 선생님, 하면서 대우하는 모습을 보인 것이다.

'혹시 민재를 치료한 사람이……?'

구용우가 그동안 화상을 입은 아들 얼굴을 치료하기 위해 백방으로 노력했지만 효과를 보지 못했던 그간의 사정을 누구보다 서연정은 잘 알고 있었다.

그랬던 구민재가 말끔히 치료가 되었고, 심지어 석기가 하려는 사업에 조력자가 된 상황이었다.

　'아무래도 민재를 치료해 준 인물이 유토피아 대표일 수도 있겠어. 그렇다면 이 비누도 이제까지 사용했던 비누와는 뭔가 다를 수가 있겠네.'

　〈연예인 1호〉.

　유토피아 대표가 300만 원을 고집한 비누였다.

　그만한 효과가 있을 것이란 기대가 되었다.

　쏴아아! 어푸어푸!

　서연정이 세안을 시작했다.

　만일 정말로 효과가 있다면.

　3백이 아니라 더한 가격을 불러도 구매할 고객은 넘쳐날 터.

　돈 많은 여자들은 피부에 들어가는 돈을 전혀 아깝게 여기지 않는다는 것을 서연정은 익히 알고 있었기에,

　"와아! 마, 맙소사!"

　앞으로 세간에 〈연예인 1호〉로 시판될 비누로 세안을 마친 서연정은 거울에 비친 자신의 얼굴을 확인하곤 입이 떡 벌어졌다.

　비누로 세안을 했을 뿐이다.

　마법처럼 피부가 달라졌다.

　늘어졌던 피부에 탄력이 생기고 얼굴에 전반적으로 생기

가 넘쳐흘렀다. 얼마나 효과가 유지될지는 몰라도 너무 신기했다.

무엇보다 갑작스런 변화였지만 너무 자연스럽게 느껴진다는 점이 그녀를 크게 흥분시켰다.

보톡스를 맞더라도 며칠 동안은 얼굴이 팅팅 부운 상태로 지내야 해서 신경이 쓰였는데 이건 그러지도 않았다.

게다가 비누로 세안했을 뿐인데, 육체까지 마사지를 받은 듯이 날아갈 것처럼 가벼웠다.

'그 회사에서 차를 마셨을 때도 몸이 가볍게 느껴지더니 이유가 있었어.'

서연정은 비누를 직접 사용해 보자 가격대가 300만 원이라는 것이 전혀 아깝지 않았다.

솔직히 3백도 부족했다.

비누를 한번 사용한 사람이라면 어쩌면 천만 원을 불러도 구매할 의사가 있을 것이다.

지금 그녀의 심정이 그러했으니.

갤로리아는 명품 백화점이다.

오늘날 갤로리아를 명품 백화점의 반열에 오르도록 한 것은 그녀의 공이 크게 작용했다.

사업적 감각이 뛰어난 그녀.

유토피아에서 만든 비누가 세간에 출시된다면 필시 대박을 터트릴 것이 분명했다.

비누가 너무 탐이 났다.

국내에서 명품 백화점으로 인지도를 구축하고 있는 갤로리아였지만, 비누를 입점하게 된다면 명품 백화점의 인지도를 더욱 강화시켜 줄 수 있을 것이다.

유토피아 대표와 손을 꽉 잡는 것이 좋았다.

신생 회사인 유토피아로서도 아직 판로가 개척되지 않은 상태일 테니 그녀의 청을 거절하지 못할 터. 명품 백화점인 갤로리아의 인지도를 빌려, 보다 빨리 대중에 알려질 수 있는 좋은 기회가 될 것이니 말이다.

그리고 갤로리아 백화점의 입장에서도 석기가 만든 비누로 VIP들의 니즈를 충족시켜 줄 수 있으니 양쪽이 윈윈하는 사업이 될 것이다.

❀

유토피아 대표실.

석기, 박창수, 구민재.

유토피아의 핵심 멤버인 셈.

날이 저물자 어르신들은 먼저 돌아갔지만 이들 셋은 술을 한잔 마시면서 뒤풀이를 할 생각에 테이블에 치킨과 캔 맥주를 풀어놓고, 캔을 따서 들었다.

"유토피아의 성공을 위하여!"

"위하여!"

"위하여!"

세 사람의 표정은 밝았다.

창립식에 참석한 이들은 모두 석기를 도와주려는 좋은 사람들이었지만, 어른들과 함께 있는 자리는 아무래도 불편했기에 이렇게 젊은 셋만 모이니 마음이 한결 편한 감도 없지 않았다.

석기는 캔 맥주로 시원하게 입가심을 하고 나자, 탕비실에서 물통 2개를 들고 왔다.

물통 안에는 성수가 들어 있다.

블루문이라는 구슬을 삼킨 후로는 따로 물에 구슬을 집어넣을 필요가 없이, 물통을 잡는 즉시 의지 발현만으로 금방 성수로 전환할 수 있으니 편리하긴 했다.

〈연예인 1호〉는 3일짜리 성수가 들어갔다.

하지만 〈연예인 2호〉와 〈연예인 3호〉는 성수 날짜를 다르게 적용할 생각이다.

100만 원에 시판될 〈연예인 2호〉에는 2일짜리 성수를, 30만 원에 시판될 〈연예인 3호〉는 1일짜리 성수가 적용될 터. 사실 1일짜리 성수로도 고질적인 피부 트러블만 아니라면 꽤 효과를 볼 수 있을 것이다.

"구민재 씨! 이건 〈연예인 2호〉를 만들 성수고, 뚜껑이 푸른색은 〈연예인 3호〉를 만들 성수입니다."

석기가 구민재에게 두 가지 성수를 건네자, 그것을 마치 보물처럼 여기는 구민재의 표정이었다.

하긴 성수는 돈을 주고도 구할 수 없는 물건이긴 했다.

"그리고 비누에 인진쑥도 좋지만 쑥에 대해 거부감을 느끼는 사람도 있을 테니 나중에 비누를 시판할 상품에는 라벤더나 허브 같은 식물을 넣는 것도 괜찮겠습니다."

석기의 제안에 구민재가 반색하듯이 얼른 응대를 했다.

"안 그래도 저도 그 문제를 대표님께 제안하고자 했는데 정말 잘되었네요. 라벤더나 허브 추출물을 비누에 첨가한다면 더욱 향기로운 비누가 탄생할 것이라 보거든요."

말을 하는 구민재의 눈빛이 보석처럼 반짝거렸다.

뭔가 새로운 것을 연구하는 것이 너무 즐거웠다.

특히 비누 제조가 유토피아의 첫 작품이라는 것에 매우 열성적인 태도를 보였다.

"야산의 연구실 건축이 끝나면 보다 편안한 환경에서 새로운 제품들을 마음껏 개발할 수 있을 겁니다. 그러니 조금만 참아 주세요."

"아닙니다. 저희 집 지하실도 연구실로는 그리 나쁜 환경은 아니니 너무 염려 마세요. 저는 요즘 아침에 눈을 뜨면 너무 행복하답니다. 대표님을 만난 후로는 새로운 인생을 살게 된 기분입니다."

"그렇다니 다행이네요."

석기가 흐뭇하게 웃었다.

하긴 그동안 방 안에 틀어박혀서 아무 일도 안하고 세상을 비관하기만 했던 구민재가 석기를 만나고 나서는 완전히 다른 사람처럼 달라진 것이다.

이제 구민재는 누가 봐도 정상인처럼 보일 정도로 얼굴 피부가 완벽하게 돌아왔다.

석기에게 10일짜리 성수로 치료를 받고 나서도, 3일짜리 성수로 만든 〈연예인 1호〉로 불릴 비누로 매일 세안을 해서인지 피부가 갈수록 탄력과 생기가 감돌고 있었다.

"오늘 창립식에 참석했던 어르신들이 구민재 씨의 얼굴을 보고 뭐라고 하지 않던가요?"

"다들 깜짝 놀란 기색이지만 입이 무거운 사람들이라 그런지 그저 잘되었다면서 축하를 해 주었습니다. 하지만 눈치가 빠른 분들이라 대표님께서 저를 치유해 준 것을 어쩌면 눈치 챘을 지도 모릅니다."

"그분들이 정 궁금해한다면 구민재 씨를 치료한 것이 비누 덕분이라고 둘러대는 것도 괜찮겠군요. 어차피 증정품으로 나눠 준 〈연예인 1호〉를 사용하게 되면 놀라운 효능을 경험하게 될 테니까요. 물론 구민재 씨를 치료한 비누는 보다 특별한 비누를 사용했다는 것으로 말하는 것이 좋겠지만요."

"그것이 자연스럽고 좋겠습니다."

구민재와 비누에 관한 얘기를 나눴던 석기가 이번엔 박창수의 얼굴로 고개를 돌렸다.

공사의 구분이 확실한 박창수다.

아무리 석기와 같은 나이고 친구 사이라고 해도 박창수는 공식적인 자리에선 절대 선을 넘지 않았다.

하지만 지금은 느긋하게 대하는 것도 좋을 테니 편하게 얘기를 나누기로 했다. 사실 사석에선 구민재에게도 형이라고 부르고 싶었지만 그랬다간 구민재가 불편하게 여길 눈치라 그건 자제하기로 했다.

"창수야, 공장 부지에 내일부터 건물이 들어서게 될 거야. 조립식이니 금방 완공이 될 거라고 보는데. 나중을 위해서 직원들을 미리 충원하는 것도 좋겠어."

"그럼 명성기업의 직원을 흡수하는 것은 어떻게 생각해?"

"명성기업의 직원을?"

"오장환 회장이 주주총회를 열어서 회장 자리를 탈환한 거 너도 잘 알고 있을 거야. 오장환 회장이 대대적인 해고를 강행할 거라는 소문이 자자하더라고."

석기와 박창수는 명성기업을 나온 상태였지만 앞으로 하려는 사업이 화장품과 샘물이었기에 그곳에 계속 눈을 대고 있는 상황이었다.

박창수의 말처럼 오장환은 다시 회장 자리에 앉게 되었다.

그동안 회사 공금을 빼돌려 해외로 도주했다가 죽게 된 곽 부장의 일과 세무감사로 인하여 크게 하락한 명성기업의 주가였다.

예상대로 돈을 굴리는 재주가 뛰어난 존재답게 오장환은 그 기회를 놓치지 않았다.

결국 명성 지분을 최대한 매입하여 명성의 최대 주주로 등극한 오장환은 주주총회를 개최하여 회장 자리를 탈환한 것이다.

한편으론 오장환이 회장 자리를 탈환한 것은 누구보다 석기가 바라던 일이었다.

회귀 전에 석기의 뒤통수를 쳐서 잔인하게 야산에 파묻게 했던 오장환과 오세라도 그렇고, 회장의 처가인 명성금융도 석기에게는 철천지원수와도 같은 존재였다.

버러지처럼 취급했던 평사원인 석기가 명성과 똑같은 사업으로 크게 성공하여 부녀의 자존심을 꽉꽉 눌러 줄뿐더러 지금까지 누렸던 부와 명성을 빼앗아 버릴 작정이었다.

"명성에서 해고 조치될 직원들은 대부분 오장환 회장의 비위를 거스른 자들일 확률이 높겠군."

"맞아. 한동안 주주들의 반발로 회장 자리에 물러났던 오장환이 그때 등을 돌렸던 직원들을 하나같이 쳐내려 한다는 소문이더라고."

"그중에서 쓸 만한 자들은 우리 유토피아에서 주워 담는 것도 괜찮겠군. 어차피 화장품과 샘물 사업에 특화된 자들일 테니 우리 회사로 데려와도 자기 몫은 충분히 해낼 것이라 보니까."

"이거 오장환 회장 덕분에 직원들 충원 문제는 수월하게 해결된 셈이네. 그럼 우리 회사로 끌어올 직원들 명단을 추려 볼 테니 면접 날짜나 잡으면 되겠네."

"면접날짜는 다음 주가 적당하겠군. 해고된 이들도 갈 곳이 정해진다면 회사에 더욱 충성할 테니까."

"알겠어. 내일부터 당장 명단을 추려서 보고하도록 할게."

"그래, 그럼 이제부터는 사업 얘기는 그만하고 술이나 마시자."

"좋았어! 구민재 씨! 술 취하면 제 오피스텔에서 함께 자면 될 테니 마음 놓고 마셔요."

"그러죠 뭐! 오늘따라 캔 맥주가 이상하게 입에 착착 달라붙네요. 하하하!"

석기는 실은 테이블에 놓인 캔 맥주에도 1분짜리 성수를 발현시켰다. 제품으로 완성된 술이나 음료에도 의지 발현만 하면 쉽게 성수의 효과를 볼 수 있다.

그랬기에 맥주의 향은 그대로였지만 술에 성수가 섞이게 되자 맥주 맛이 더욱 좋게 느껴질 수밖에 없었다. 그리고 술을 마신 후에 숙취에도 효과가 탁월할 것이다.

'홍 기자가 비누를 사용했다면 뭐라고 연락이 올 법도 한데.'

순간 석기의 핸드폰에서 메시지가 왔다는 알림 음이 흘러나왔다.

'역시!'

홍민아 기자의 연락이었다.

코톡을 확인한 석기가 입가에 흐뭇한 미소를 머금자 박창수와 구민재가 의아한 눈으로 쳐다봤다.

"오늘 창립식에 참석했던 홍민아 기자 알지? 증정품으로 준 비누 후기를 인터넷에 올렸나봐."

석기의 말이 끝나기가 무섭게 박창수와 구민재는 캔 맥주를 내려놓고 얼른 핸드폰으로 검색을 시작했다.

"석기야! 홍 기자님 정말 대단한데? 비포 앤 에프터 사진까지 확실하게 올렸어! 이거 완전 대박이다! 하하하!"

석기도 인터넷에 올라온 후기를 확인했다.

유토피아에서 제조한 비누! 단 한 번 사용했을 뿐인데 고질적인 피부 트러블이 한 방에 해결되었다. 믿든 안 믿든 여러분의 자유겠지만 본인은 비누로 확실히 효과를 봤다. 조만간 유토피아에서 비누를 출시한다고 했으니 관심 있는 분들은 꼭 구매해서 비누의 경이로움을 경험해 보길 바란다.

짤막한 후기와 함께 사진까지 올라왔다.

물론 눈은 모자이크처리를 한 상태였다.

하지만 인터넷에 얼굴을 공개한다는 것은 결코 쉽지 않은 일이었을 터. 이렇게 용기를 내준 홍민아 기자에게 진심으로 고맙게 생각했다.

그런데 후기 사진이 워낙 쇼킹해서 대중이 크게 관심을 보였다.

성수가 들어간 비누를 믿지 못하는 대중 입장에선 홍민아가 후기로 올린 사진을 대부분 사기라고 생각하는 분위기였다.

　-신생 회사 띄워 주려고 용을 쓰네!

　-유토피아? 듣보잡 회사 아냐?

　-비누 한 번 사용했는데 얼굴이 저리 달라진다고? 어디서 약을 팔고 있어!

　-저 사진! 유토피아에서 돈 받아 처먹은 알바가 조작한 사진이 분명하다는 데에 내 손모가지 겁니다! ㅋ

　-저런 비누 진짜 있으면 아무리 고액이라도 사겠다! ㅎㅎ

　-나도! 천만 원 까지는 인정!

　-저도 적금 깨겠습니다!

　-저런 비누는 절대 있을 수 없다! 척 보면 모르겠어? 후기 사진은 완전 사기다! ㅋㅋㅋ

　-너무하네여~ㅠ 얼굴 피부 때문에 강남의 유명한 피부과를 몇 년 동안 다녀도 효과가 없는 상태인데 이런 후기 보니까 기분 더럽네여~ 인생 그렇게 살지 마세여~ ㅠㅠ

ㄴ만일 후기 사진이 진짜라면 어떡하실래요?

ㄴ진짜면 당연히 사야지!

ㄴ어디서 파는지 알려 주셈!

ㄴ저런 비누가 진짜 있겠어?

ㄴ누굴 호구로 아나?ㅋㅋㅋㅋ

ㄴ유토피아가 어디에 있는 회사죠?

ㄴ저도 비누 사러 가게 주소 좀 알려 주셈!

인터넷이 난리가 났다.

증정품 비누 후기로 올린 사진에 대중이 비난하는 것에 참지 못하고 홍민아가 댓글을 올린 것에 더욱 뜨겁게 달아오르게 되었다.

"대표님! 유토피아를 비난하는 사람들 댓글과 아이피 저장해 놓았다가 죄다 신고해 버립시다!"

구민재가 흥분하여 석기를 쳐다봤다.

사실 이런 결과를 예상은 하고 있었다.

대중의 뜨거운 반응에 기분이 얼떨떨했다.

"신고까지는 그렇고…… 시간이 필요합니다. 어차피 지금은 우리가 무슨 말을 해도 대중은 믿지 못할 테니, 직접 경험을 해 보면 알게 될 겁니다."

"이러고 있을 여유가 없네요. 당장 택시 타고 집으로 돌아가서 〈연예인 2호〉와 〈연예인 3호〉를 만들어 봐야겠습니다."

"구민재 씨! 공장이 가동되려면 좀 더 시일이 필요하니 오늘은 느긋하게 즐깁시다! 이것도 다 추억 아니겠습니까? 저는 안티든 뭐든 대중이 우리 비누에 반응을 보여 준 것만으로 기분이 좋거든요."

"대표님께서 그리 말씀하신다면 알겠습니다. 제가 생각이 짧았네요."

"아닙니다. 회사를 신경 써 준 것에 오히려 저야말로 감사하죠."

그렇게 구민재와 대화를 주고받던 순간.

이번엔 갤로리아 백화점 고문이사 서연정에게서 전화가 걸려왔다.

-신 대표님! 인터넷에 올라온 후기 사진, 홍 기자가 올린 거 맞죠?

"방금 홍 기자님에게서 코톡이 왔는데 고맙게도 비누 후기를 올려 주신 모양입니다."

석기의 대답에 서연정이 즐거운 목소리로 통화를 이어 갔다.

-호호! 실은 나도 방금 증정품 비누를 사용해 봤는데 이거 진짜 물건이네요. 신 대표님, 우리 갤로리아랑 내일 입점 계약하시죠. 최대한 신 대표님이 원하시는 조건을 수용할 테니 꼭 우리 갤로리아에 유토피아 비누를 입점해 주세요. 그렇게만 해 준다면 제가 책임지고 유토피아를 크게 띄워 드릴 테니까요.

야산에
묻혀버렸더니

사실 안 그래도 서연정의 연락을 기다리고 있던 터였기에 석기는 가슴이 두근거렸다.

명품 백화점 갤로리아였다.

입점 기준이 매우 까다로울 터.

그럼에도 유토피아에서 만든 비누에 가능성을 보고 이렇게 입점을 제안해 주었을 것이다.

유토피아를 명품으로 자리매김하기엔 갤로리아는 보다 훌륭한 날개가 되어 줄 수 있을 것이다.

하지만 석기가 갤로리아에 원하는 것이 한 가지 있었다.

"서 여사님! 저희 유토피아에 입점 제안을 해 주셔서 감사하게 생각합니다. 저도 당연히 갤로리아에 입점하는 것을 최우선 순위로 생각하고 있었습니다. 하지만 제가 한 가지 원하는 조건이 있는데 들어주실 수 있으실지 모르겠군요."

"원하는 조건이 뭐죠?"

과연 서연정이 석기의 제안을 들어줄지는 미지수였지만 그녀 쪽에서 먼저 입점 제안을 했다는 것에 승부수를 던져 보기로 했다.

"서 여사님! 갤로리아에 명성화장품도 입점하고 있겠죠?"

"물론입니다. 국내에서 출시된 화장품 중에서 3대 브랜드에 속하는 명성화장품이니 당연히 갤로리아에 입점하고 있습니다."

서연정의 말을 들은 석기의 눈빛이 차갑게 가라앉았다.

석기가 원하는 것.

국내에서 명품 백화점으로 위세를 떨치고 있는 갤로리아에서 명성화장품 매장이 사라지는 일이다.

오장환과 오세라의 성격상 갤로리아에 명성화장품이 들어서지 못하게 된다면, 그것도 유토피아로 인해서 그런 일을 당한다면 엄청난 수치로 여기게 될 것이다.

하지만 문제는 유토피아는 아직 업적이 전혀 없는 신생 업체라는 점이었다. 당연히 갤로리아에선 명품으로 인지도를 구축한 명성화장품을 더 중요하게 생각할 것이다.

그래서 우회 작전이 필요했다.

원하는 것을 손에 넣기 위해선.

명성화장품의 신경을 곤두서게 만들 필요가 있었다.

신비로운 성수가 들어간 유토피아는 반드시 명성을 압도하고 말 것이다.

"제가 원하는 것은 매장의 위치입니다. 저희 같은 신생 업체를 명품 백화점인 갤로리아에 입점시켜 주겠다는 것만으로도 감지덕지이지만, 만일 여사님께서 수용하실 수 있으시다면 저희 유토피아 매장을 명성화장품의 맞은편에 위치하게 해 주시면 감사하겠습니다."

-명성화장품의 맞은편에 매장을 갖도록 해 주는 것이 대표님이 원하는 일이라 이거죠?

"그렇습니다. 현재 국내의 화장품 중에서 세 곳이 갤로리아에 입점한 상태라고 알고 있습니다. 저희 유토피아까지 합치면 앞으로 네 곳이 되겠군요."

-그렇지요.

"하지만 갤로리아의 사업 방침은 국내의 제품들을 세 곳에 한정하고 있는 것으로 알고 있습니다. 그런 점에서 제가 매장의 위치를 굳이 명성화장품의 맞은편에 요구한 것은 두 곳을 비교하시고 결정하시라는 의미입니다."

-흐음.

서연정이 나직이 침음을 삼켰다.

당장 석기가 명성화장품을 갤로리아에서 퇴출시킬 것을 요구한다면 서연정도 자못 곤란할 터였지만, 이런 식으로 우회 전법을 사용하자 그녀도 생각이 많아졌다.

명성화장품.

사실 갤로리아에 입점한 국내의 세 곳 화장품 중에서 가장 피곤하게 굴고 있는 곳이었다.

갤로리아에서 요구하는 조건들을 제멋대로 무시할뿐더러 명성에서 나온 직원들이 고객들에 대한 응대도 거만해서 매장의 분위기를 흐리고 있는 상황이었다.

서연정은 석기가 왜 매장의 위치를 명성화장품 맞은편으로 요구한 건지 의도를 짐작하지는 못했지만 잘만 하면 유토피아로 인하여 가려운 부분을 시원하게 긁을 수가 있겠다는 생각이 들었다.

[신 대표, 아주 무서운 사람이네. 연예인 시리즈라면 명성화
장품 정도는 누를 수 있다는 자신감이겠지?]

서연정 속마음이 들려왔다.

통화상으로도 사람의 속마음이 들려온다는 것에 석기는
놀라움을 금치 못했다.

하지만 지금은 서연정과의 통화에 집중할 때였다.

"솔직하게 말씀드릴게요. 아까 여사님께서 말씀하시기를
유토피아에서 생산한 비누를 갤로리아에 입점하게 되면 최
선을 다해 명품의 반열에 오르도록 조력하겠다고 하셨습니
다. 그만큼 우리 회사에서 출시할 비누에 가능성을 보았기에
입점 제안해 주신 것이고 그런 말씀까지 하신 것이라고 생각
합니다. 그리고 저 또한 우리 회사에서 생산할 비누가 명품
브랜드로 자리매김 하는 것은 시간문제라고 생각합니다. 우
리 비누를 한번 사용한 사람이라면 분명히 다시 찾을 것이라
확신하니까요."

석기의 말을 서연정도 수긍하는 바였다.

[그건 그래. 마음 같아선 증정품 비누를 잔뜩 집에 쌓아 놓고
싶어. 내가 이럴진대 다른 사람들도 똑같은 마음일 테지. 그렇
다고 국내 3대 브랜드에 속하는 명성보고 매장을 빼라고 하는
것도 이치에 맞지 않는 일이야. 그나마 다행인 점은 명성의 계
약 기간이 5개월 정도가 남은 상황이니…… 그걸 잘만 이용하
면 방법이 있을 법도 하고.]

또다시 서연정 속마음이 들렸다.

그 덕분에 명성화장품이 갤로리아와의 매장 임대 계약 기간이 5개월이라는 정보를 얻게 되었다.

"그러니 매장 위치만 제가 원한 곳으로 정해 주시면 나머지 일은 저희 유토피아가 알아서 해결할 겁니다."

-좋습니다. 신 대표님이 요구하신 조건을 수용토록 하겠어요. 유토피아가 갤로리아에 입점하게 되면 명성화장품 맞은편에 매장을 내도록 해 드리겠습니다.

서연정은 정말 대단한 여자였다.

신생 업체인 유토피아를 갤로리아에 입점시키기 위해서 국내에서 인지도가 짱짱한 명성화장품의 비위를 건드리게 될 텐데도 석기의 요청을 들어준 것이다.

증정품 비누.

그것의 효과였을 터.

비누를 사용해 본 그녀로선 유토피아를 포기할 수 없었을 것이다.

서연정의 사업적인 촉은 굉장히 발달한 편이었다.

그런 촉을 지닌 덕분에 오늘날 갤로리아의 최대 주주까지 될 수 있었다.

그런 의미에서 그녀는 유토피아의 비누가 대박 상품이 될 것이라는 촉을 느낀 것이 분명했다.

다음 날.

갤로리아에 신생 업체 유토피아가 입점하게 될 것이라는 소문이 명성의 오장환 회장의 귀에 들어갔다.

이제 명성기업에 남은 것은 화장품과 샘물 사업뿐이었다.

화장품과 샘물 사업을 더욱 활성화시킬 방안으로 갤로리아와 상의하여 매장을 확장할 계획이었던 오장환 회장은 뜻밖의 소문에 벌컥 화가 치솟았다.

게다가 신생 업체 유토피아의 대표가 바로 명성기업에서 근무를 했던 석기라는 것이 밝혀져 더욱 오장환의 비위를 건드렸다.

'감히 제물로 사용하려던 놈이 회사를 차려 우리 명성을 엿 먹이려고 수작을 부린다 이거지?'

본래는 이런 사소한 문제는 직원들이 알아서 처리를 하게 두었지만 제물로 삼으려던 석기가 유토피아의 대표가 되었다는 것에 도저히 참을 수가 없어진 오장환이 직접 나서게 되었다.

게다가 갤로리아 최대 주주이자 고문이사인 서연정은 여성편력이 심한 오장환이 과거에 눈독을 들였던 여자였기에 겸사겸사 그녀 얼굴도 볼 겸 갤로리아를 방문하게 되었다.

"어서 오세요, 오 회장님!"

"서 여사님! 신생 업체가 우리 명성의 맞은편에 입점을 하게 된다는 말이 있던데 사실입니까?"

"사실이에요. 신생 업체지만 가능성을 보고 이번에 입점을 추진하게 되었습니다."

"왜 하필 우리 명성의 맞은편 매장을 주신 거죠?"

"그쪽에서 그걸 원해서요. 어렵게 입점을 추진한 곳이라 특혜를 베풀어 주게 되었습니다."

"특혜라고요? 대체 얼마나 대단한 화장품이기에 특혜까지 베푼다는 거죠?"

"어제 인터넷에 올라온 후기인데 한번 보세요."

서연정이 오장환에게 노트북을 내밀었다. 모니터엔 홍민아 기자가 올린 비누 후기에 관한 내용이 비쳐지고 있었다. 특히 비포 앤 애프터를 위해서 올린 사진은 오장환이 보기에도 말이 안 될 정도로 엄청났다.

"서 여사님! 설마 이런 사기 같은 사진을 사실이라고 믿는 겁니까?"

"네, 믿어요. 왜냐하면 저도 증정품 비누를 사용해 봤거든요. 그래서 유토피아에 입점을 제안하게 된 거고요."

"뭐, 뭐라고요? 그런 사기꾼 같은 사진에 속아서 신생 업체를 갤로리아에 입점시켰단 말인가요?"

"오 회장님! 말씀이 좀 지나치시네요. 안 그래도 명성화장품과의 매장 임대 계약 기간이 5개월이 남은 상황이라 다른 대체할 곳이 필요하던 터였는데 자꾸 이러시면 저희도 곤란합니다."

"설마 우리 명성과 연장 계약을 하지 않겠다는 건가요?"

"이러면 어떨까요? 오 회장님께서 하도 신생 업체를 무시하시니 두 곳이 정정당당하게 아예 경쟁을 해 보는 것은 어때요?"

"그런 듣보잡 회사랑 경쟁을 하라고요?"

"듣보잡 회사를 누를 자신이 없으시면 포기하셔도 됩니다."

"허어!"

오장환이 기가 막힌다는 기색으로 서연정을 쳐다봤다. 그러면서 그녀의 얼굴 피부가 예전에 보았을 때보다도 더욱 탄력이 넘치고 생기가 느껴진다는 것에 절로 침을 꿀꺽 삼키게 되었다.

"어떻게, 신생 업체와 경쟁을 해 보실 건가요?"

"그래! 해 봅시다!"

"방금 말씀드렸다시피 현재 명성화장품 매장 임대계약 기간이 5개월가량 남은 상황입니다. 그럼 유토피아가 갤로리아에 입점을 하는 데 준비 기간으로 2개월 정도 잡고, 그 후 양쪽 매장에서 3개월 동안의 실적을 비교해 결정하는 것이 어떨까 싶네요."

"그러니까 신생 업체를 갤로리아에서 퇴출시키고 싶으면

그곳보다 매출을 올려 보라는 말씀이로군요."

"맞아요. 제가 유토피아의 가능성을 보고 입점 계약을 제안하긴 했지만, 명성화장품에서 확실하게 그곳을 압도한다면 제가 책임지고 유토피아의 입점을 없던 일로 처리하겠습니다. 그리고 명성화장품과 연장 계약을 들어갈 겁니다."

"여사님 말씀은 잘 알겠지만 과연 그쪽에서 우리 명성과 붙어 보려고 할까요?"

"그 점은 걱정 마세요. 유토피아 대표가 매장을 명성화장품 맞은편에 고집할 정도로 자신감이 넘치는 사람입니다. 방금 한 말을 전하면 흔쾌히 응할 거라 생각합니다."

"그렇담 확실하게 전하세요! 그쪽이 우리 명성보다 매출을 올리지 못할 경우 그날로 갤로리아에서 퇴출시켜 버린다고요!"

"오 회장님! 그건 명성도 마찬가지입니다. 유토피아보다 매출이 적을 경우에는 명성도 그날로 매장을 접어야 할 겁니다."

"흥! 그럴 일은 절대 없을 거요! 감히 신생 업체가 우리 명성을 압도한다는 것은 있을 수 없는 일이오!"

"그거야 길고 짧은 것은 대봐야 하는 일이죠. 호호! 그럼 저는 유토피아 대표님과 통화를 해야겠으니 배웅을 생략하겠습니다. 안녕히 가세요, 오 회장님!"

서연정에게 축객령을 당한 오장환은 씩씩거리며 비서실장

을 대동한 채 백화점을 벗어났다.

❀

한편, 유토피아 대표실.

서연정이 석기에게 연락했다.

그녀를 통해 명성의 오장환 회장이 갤로리아를 방문하여 서연정과 나눈 얘기를 전해 듣게 된 석기는 주먹을 꽉 거머쥐었다.

"좋습니다. 제안을 받아들이도록 하겠습니다. 3개월 동안의 실적이 명성화장품에 비해 떨어질 경우에는 우리 유토피아는 갤로리아에서 깨끗하게 물러나도록 하겠습니다."

석기의 말에 서연정이 길게 한숨을 내쉬었다.

-죄송해요, 신 대표님! 제가 그만 일을 키워 버렸습니다.

"아닙니다. 차라리 잘되었습니다. 유토피아 매장을 명성화장품 맞은편에 고집한 것도 결국은 그곳과 대결을 할 생각이었으니 너무 자책하지 마세요. 오히려 저는 이걸 기회라고 보거든요."

-그렇게 말씀해 주셔서 감사합니다. 준비 기간을 2개월로 잡았는데 괜찮겠어요?

"2개월이면 충분합니다. 그럼 나중에 입점하게 되면 잘 부탁드립니다."

서연정과 통화를 끝낸 석기.

어제 술을 잔뜩 마시고 출근한 탓에 다들 해장을 뭐로 할까 고민하던 찰나에 서연정에게 전화가 온 상태였다. 지금까지 곁에서 그녀와의 통화 내용을 들은 탓에 박창수와 구민재는, 걱정 반 흥분 반의 표정으로 석기를 쳐다봤다.

"명성의 오장환 회장이 여사님을 찾아왔나 봅니다. 신생 업체가 갤로리아에 입점한 것에 그걸 따지러 왔다가 명성과 우리와의 대결 구도로 결론이 난 모양입니다. 하여간 다들 대충 들었을 테니 각설하고, 준비 기간을 2개월 준다고 했으니 그 안에 세 가지 비누를 제조하여 그걸로 승부를 봐야 할 겁입니다."

석기의 말에 구민재가 눈에 힘을 팍 주었다.

"갤로리아에 입점하는 품목을 비누만이 아니라 향수도 들어가게 하면 어떨까요?"

"향수를요? 그게 가능해요?"

당연히 고객들에게 팔려는 품목이 늘어나면 수익이 더욱 커질 터였기에 석기로선 크게 반색할 만한 일이었다.

"준비 기간을 2개월 주신다고 했으니 충분히 가능합니다. 실은 증정품 비누를 만들고 남은 성수를 이용하여 향수를 실험 삼아 만든 것이 있습니다. 본래 제가 화장품 연구 중에서 가장 좋아하는 분야가 향수거든요. 심신을 달래 주는 향수로 〈릴렉스〉로 이름을 지어 보았는데, 만일 대표님께서 괜찮다 생각하시면 그것도 유토피아에서 판매하는 것이 좋겠습니다."

"릴렉스? 그럼 향수도 릴렉스 버전으로 1호부터 3호까지 출시하면 되겠군요. 구민재 씨 덕분에 유토피아의 앞날이 더욱 밝아지겠습니다!"

"감사합니다, 대표님!"

석기의 칭찬에 구민재가 환하게 웃었다.

두 사람의 대화를 지켜보고 있던 박창수가 조급한 표정으로 엉덩이를 들썩거렸다.

"석기야, 지금 당장 양평 연구실로 가 보자! 어떤 향수인지 궁금해서 안 되겠어!"

"오케이! 당장 나가자!"

셋은 사무실에서 나왔다.

비누에 이어 향수.

유토피아의 두 번째 제품이 정해진 것이다.

다음 권으로 이어집니다